नेहरू जी इंटरव्यू 2022 में

विवेक कुमार पांडे शंभूनाथ

क्रम-सूची

प्रस्तावना

इस किताब को लिखने के दौरान कोई भी व्यक्ति, समाज एवं संस्कृति को ठेस नहीं पहुंचाया गया है। यह एक काल्पनिक रचयिता इंटरव्यू है । जिसे विवेक कुमार पांडे शंभूनाथ जी ने लिखा है ।

भूमिका

- **लेखक की जीवनी**

मेरा नाम विवेक कुमार पांडे है और मैं एक लेखक हु , में गुजरात के सुरत में निवास करता हूं.मेरा जन्म ३० सेप्टेंबर २००२ में हुआ था, और मुझे बचपन से एक्टर बनने का सोख रहा है और अभी भी है.। में कभी ये नहीं सोचता की लोग क्या कर रहे हैं में ये सोचता हूं कि में क्या कर रहा हूं, में आज सफल हूं तो अपने पापा की वजह से आज वो रहते तो उन्हें बहुत खुशी होती , वो सदा और हमेशा मेरे साथ रहेंगे.। मेरे रियल लाइफ के सुपरस्टार और सुपर हीरो मेरे प्यारे पापा है । आई लव यू पापा । पापा को मेरे हाथ कि चाय बहुत अच्छी लगती थी ।

जब उनका मन करता था चाय पीने के लिए तो वो कहते थे । मुझे चाय पीना है कौन बनाएगा मम्मी कहती में बना देती हूं लेकिन पापा कहते नहीं मेरा बेटा बनाएंगा । उसके हाथ कि चाय मुझे बहुत अच्छा लगता है । जब भी काम करके घर आने वाले होते हैं तब मुझे फोन करते है विवेक बेटा बोलो क्या खाओगे सेब ले लु । में कहता ठीक है पापा ले लिजिए । पापा कहते कितना लू एक किलो या 2 किलो । में कहता नहीं पापा सिर्फ में ही खाता हूं भईया और दीदी को फल अच्छा ही नहीं लगता है इसलिए 3 सेब ले लेना । लेकिन पापा मेरे लिए दो तीन किलो फल लेकर आ ही जाते थे । पहले ले लेते फिर मुझे फोन करते । हमेशा ऐसा ही करते थे ।

में ये नहीं कह रहा हूं कि मुझे बहुत ज्यादा प्यार और मानते थे । वो अपने तीनों संतानों को प्यार करते थे । सबसे छोटा तो में ही था घर में , मुझसे बड़ी मेरी बहन और मेरी बहन से भी बडे मेरे भईया । में आज भी वो दिन का इंतजार कर रहा हूं जब पापा मेरे लिए कुछ लेकर आएंगे । मेरे कान तरस रहे है वो आवाज़ सुनने के लिए । लेकिन कहते हैं जो चीज चली जाए वो कभी लौटकर नहीं आती है । आप सभी से निवेदन है

आप अपने मम्मी और पापा का ध्यान रखें । दुनिया में एक ही भगवान है वो है माता ओर पिता ।

में बहुत ही शरारती था बचपन में । मुझे किताब लिखने का शोख बचपन से ही था । जब में तीसरी कक्षा में पढ़ता था । तब से ही किताब लिखता था में और मेरा दोस्त हम दोनों किताब लिखके सभी को दिखाते थे और कहते थे जिन्हें मेरा किताब अच्छा लगे तो अपना हस्ताक्षर कर दे । मेरे अंदर एक बहुत ही खास विशेषता है में किसी के चक्कर में नहीं रहता हूं । कौन क्या कर रहा है करने दो मुझे कुछ फर्क नहीं पड़ता है । मुझे सिर्फ अपने आप पर ध्यान देना है ।

क्योंकि दुनिया में ऐसे भी लोग हैं जो नहीं खुद कुछ करना चाहते हैं और नहीं दुसरो को कुछ करने देना चाहते हैं । एक बात ध्यान रखें अगर आप कोई भी नया काम करते हैं तो पहले लोग ताना मारते ही है । ये मत करो वो मत करो तुम्हारे बस कि बात नहीं है , तुम नहीं कर सकते हो . मुझे यह पता नहीं चलता लोग इतना सुझाव क्यों देते हैं । हमें जो करना है हम वहीं करेंगे । कई लोग हैं जो दुसरो के कहने पर वही करते हैं लेकिन मैं आपसे कह रहा हूं आप जो करना चाहे वो करे किसी के कहने पर खाई में मत कुदे । आपकी जिंदगी आपके ही हाथों में है लोगों के हाथों में नहीं है ।

मेरा बस एक ही सपना है की में नाम कमाकर अपने पिताजी का अधुरा सपना पूरा करूं ।

1

नेहरू जी इंटरव्यू 2022 में

- शोपींग करके में आया और काफी थका था। तो मैंने सोचा थोड़ा आराम कर लिया जाए। आराम करते - करते नींद लग गई। तभी मैंने सपना देखा कि भारत के पहले प्रधानमंत्री पंडित जवाहरलाल नेहरू जी मेरे सपना में आए थे। वो मुझसे से कहने लगे तुम मेरा इंटरव्यू लो। मैंने उनका इंटरव्यू लिया। यूट्यूब और फेसबुक पर मैंने लाइव कर दिया। पंडित जवाहरलाल नेहरू जी ने मुझ से कहा मैं तुमसे सवाल पूछूंगा।

पंडित जवाहरलाल नेहरू : पहला सवाल : पंडित जवाहरलाल नेहरू का जन्म कब हुआ था।

विवेक कुमार पांडे : जवाब : जवाहरलाल नेहरू का जन्म 14 नवम्बर 1889 को ब्रिटिश भारत में इलाहाबाद में हुआ। उनके पिता, मोतीलाल नेहरू (1861–1931), एक धनी बैरिस्टर जो कश्मीरी पण्डित थे। मोती लाल नेहरू सारस्वत कौल ब्राह्मण समुदाय से थे, स्वतन्त्रता संग्राम के दौरान भारतीय राष्ट्रीय कांग्रेस के दो बार अध्यक्ष चुने गए। उनकी माता स्वरूपरानी थुस्सू (1868–1938), जो लाहौर में बसे एक सुपरिचित

कश्मीरी ब्राह्मण परिवार से थी, मोतीलाल की दूसरी पत्नी थी व पहली पत्नी की प्रसव के दौरान मृत्यु हो गई थी। जवाहरलाल तीन बच्चों में से सबसे बड़े थे, जिनमें बाकी दो लड़कियां थी।

बड़ी बहन, विजया लक्ष्मी, बाद में संयुक्त राष्ट्र महासभा की पहली महिला अध्यक्ष बनी। सबसे छोटी बहन, कृष्णा हठीसिंग, एक उल्लेखनीय लेखिका बनी और उन्होंने अपने परिवार-जनों से संबंधित कई पुस्तकें लिखीं।

पंडित जवाहरलाल नेहरू : सवाल भारतीय राष्ट्रीय आंदोलन में नेहरू जी का क्या योगदान था?

विवेक कुमार पांडे : जवाब : जवाहर लाल नेहरू का भारत को योगदान नेहरू एक महान् राजनेता तथा भारतीय जनता के हृदय सम्राट थे स्वतन्त्रता संग्राम में नेहरू की महत्वपूर्ण भूमिका थी। इसके बाद उन्होनें 18 वर्ष तक देश का नेतृत्व कर राष्ट्रीय विकास को नवीन दिशा प्रदान तो की ही साथ में विश्व समुदाय को शांति का इकाई पढ़ाया।

पंडित जवाहरलाल नेहरू : सवाल : नेहरू जी ने देश की स्वतंत्रता के लिए क्या किया?

विवेक कुमार पांडे : जवाब : आरंभ में महात्मा का विचार था कि अंग्रेज़ों को बिना शर्त समर्थन दिया जाए और यह समर्थन अहिंसक होना चाहिए। नेहरू का विचार था कि आक्रमण से प्रतिरक्षा में अहिंसा का कोई स्थान नहीं है और सिर्फ़ एक स्वतंत्र देश के रूप में ही भारत को नाज़ियों के ख़िलाफ़ युद्ध में ग्रेट ब्रिटेन का साथ देना चाहिए।

पंडित जवाहरलाल नेहरू : सवाल : नेहरू के अनुसार हमें अपने देश में क्या हतोत्साहित करना चाहिए?

विवेक कुमार पांडे : जवाब : देश की गरीबी दूर करना। किसानों की समस्याओं का अंत करना। देश में ओद्योगिक क्रांति लाना। भारत की चहुमुँखी उन्नति करना आदि।

पंडित जवाहरलाल नेहरू : सवाल : नेहरू को आधुनिक भारत का निर्माता क्यों कहा जाता है विवेचना कीजिए?

विवेक कुमार पांडे : जवाब : देश के प्रथम प्रधानमंत्री पं. जवाहरलाल नेहरू ने आजादी की लड़ाई में गांधीजी के साथ कंधे से कंधा मिलाकर

भाग लिया व देश को आजाद कराने में महत्वपूर्ण भूमिका निभाई थी। बच्चों से विशेष स्नेह रखने के कारण इनका जन्मदिन 'बाल दिवस' के रूप में मनाया जाता है। नेहरूजी को 'आधुनिक भारत का निर्माता' भी कहा जाता है।

पंडित जवाहरलाल नेहरू : सवाल : नेहरू जी में कौन कौन से गुण थे?

विवेक कुमार पांडे : जवाब : नेहरू जी को बच्चों से बड़ा स्नेह और लगाव था और वे बच्चों को देश का भावी निर्माता मानते थे। **शिक्षा** : जवाहरलाल नेहरू को दुनिया के बेहतरीन स्कूलों और विश्वविद्यालयों में शिक्षा प्राप्त करने का मौका मिला था। उन्होंने अपनी स्कूली शिक्षा हैरो और कॉलेज की शिक्षा ट्रिनिटी कॉलेज, लंदन से पूरी की थी।

पंडित जवाहरलाल नेहरू : बहुत बढ़िया जवाब दे रहे हो तुम। ठीक है अब अगला सवाल : नेहरू जी कितनी बार जेल गए थे?

विवेक कुमार पांडे : जवाब : जवाहर लाल नेहरू लाल किले पर तिरंगा फहराने वाले पहले शख्स थे. पंडित जवाहरलाल नेहरू 9 बार जेल गए थे. नेहरू को 11 बार नोबेल शांति पुरस्कार के लिए नामित किया गया. नेहरू ने अपनी स्कूली शिक्षा हैरो से और कॉलेज की पढ़ाई ट्रिनिटी कॉलेज, लंदन से पूरी की

पंडित जवाहरलाल नेहरू : सवाल : नेहरू जी ने जेल में कैदी के रूप में कलम क्यों थी?

विवेक कुमार पांडे : जवाब : नेहरू जी को बागवानी के लिए खुदाई का काम जारी रखने के लिए अधिकारियों की मंजूरी नहीं मिलने पर उन्होंने विवश होकर जेल में इतिहास लेखन के लिए कलम उठा लिया।

पंडित जवाहरलाल नेहरू : सवाल : नेहरू जी भारत के लोगों को क्या बात समझाते थे?

विवेक कुमार पांडे : जवाब : उनका मानना था कि हमारे देश की धरती, खेत, पहाड़, जंगल, झरने इत्यादि इसके अंग हैं। मगर भारत के सभी लोग जो पूरे देश में हैं, सही मायनों में ये ही भारतमाता हैं। प्रश्न 6:आजादी से पूर्व किसानों को किन समस्याओं का सामना करना पड़ता था? प्रश्न 7:आजादी से पहले भारत-निर्माण को लेकर नेहरू के क्या सपने थे?

पंडित जवाहरलाल नेहरू : सवाल : नेहरू जी का भारत के प्रति मुख्य क्रिया क्या था?

विवेक कुमार पांडे : जवाब : नेहरू जी के अनुसार आधुनिक भारत को छ: सात हज़ार साल पुरानी इस सभ्यता से जोड़ता है। इसलिए नेहरू जी ने इसे भारतीय सभ्यता की भोर-वेला कहा है जो एक छोटे बच्चे की तरह नहीं बल्कि आरम्भ से ही विकसित सयाने रूप में विद्यमान थी।

पंडित जवाहरलाल नेहरू : सवाल : पहला भाषण: नेहरू और जिन्ना का फ़र्क

विवेक कुमार पांडे : जवाब : भारत के पहले प्रधानमंत्री जवाहर लाल नेहरू ने 14 अगस्त 1947 की आधी रात को जो भाषण दिया था उसे 'ट्रिस्ट विद डेस्टिनी' के नाम से ही जाना जाता है. पाकिस्तान बनने से कुछ क्षण पहले मोहम्मद अली जिन्ना ने भी अपने देशवासियों को संबोधित किया था.

इन दोनों भाषणों के अंश:

जवाहर लाल नेहरू

आज हम दुर्भाग्य के एक युग का अंत कर रहे हैं और भारत पुनः खुद को खोज पा रहा है. आज हम जिस उपलब्धि का उत्सव मना रहे हैं, वो महज एक क़दम है, नए अवसरों के खुलने का. इससे भी बड़ी जीत और उपलब्धियां हमारी प्रतीक्षा कर रही हैं.

भारत की सेवा का अर्थ है लाखों-करोड़ों पीड़ितों की सेवा करना. इसका अर्थ है ग़रीबी, अज्ञानता, और अवसर की असमानता मिटाना. हमारी पीढ़ी के सबसे महान व्यक्ति की यही इच्छा है कि हर आँख से आंसू मिटे. शायद ये हमारे लिए संभव न हो पर जब तक लोगों कि आंखों में आंसू हैं, तब तक हमारा काम ख़त्म नहीं होगा.

आज एक बार फिर वर्षों के संघर्ष के बाद, भारत जागृत और स्वतंत्र है.

भविष्य हमें बुला रहा है. हमें किधर जाना चाहिए और हमें क्या करना चाहिए, जिससे हम आम आदमी, किसानों और कामगारों के लिए आज़ादी और अवसर ला सकें, हम ग़रीबी, हम एक समृद्ध, लोकतान्त्रिक और प्रगतिशील देश बना सकें. हम ऐसी सामाजिक,

आर्थिक और राजनीतिक संस्थाओं को बना सकें जो हर आदमी-औरत के लिए जीवन की परिपूर्णता और न्याय सुनिश्चित कर सके?

कोई भी देश तब तक महान नहीं बन सकता जब तक उसके लोगों की सोच या कर्म संकीर्ण हैं.

मुझे मालूम है कि कई लोग भारत के विभाजन - पंजाब और बंगाल के बंटवारे से सहमत नहीं हैं. लेकिन अब जबकि इसकी स्वीकृति मिल गई है अब हम सब का फ़र्ज़ है कि जो समझौता हो गया है उसे अंतिम और अटूट माने.

विभाजन होना ही था. इस बारे में दोनों समुदायों की चिंता - जहाँ कहीं भी एक समुदाय बहुमत में है और दूसरा अल्पसंख्यक -समझी सकती है.

सवाल ये है कि क्या जो हुआ उसके विपरीत क़दम उठाना संभव था?

सरकार का सब से पहला कर्तव्य क़ानून व्यवस्था को बनाकर रखना है, ताकि देशवासियों की संपत्ति, जीवन और धार्मिक आस्थाएं सुरक्षा रखी जा सकें.

हिंदुस्तान और पाकिस्तान दोनों तरफ ऐसे लोग हैं जो बंटवारे को नापसंद करते हैं. मेरी राय में इसके इलावा कोई और समाधान नही था. मुझे उम्मीद है भविष्य मेरी राय के पक्ष में फ़ैसला देगा.

एक संयुक्त भारत का विचार कभी सफल नहीं होता. मेरे विचार में इसका अंजाम भयानक होता. मेरा ख़्याल सही है या ग़लत, ये वक़्त बताएगा.

समय के साथ-साथ हिन्दू - मुलमान, बहुसंख्यक-अल्पसंख्यक के फ़र्क ख़त्म होंगे. क्योंकि मुसलमान की हैसियत से आप पठान, पंजाबी, शिया या सुन्नी हैं. हिन्दुओं में आप ब्राह्मण, खत्री, बंगाली और मद्रासी हैं. अगर ये समस्या नहीं होती तो भारत काफ़ी पहले आज़ाद हो जाता.

आप देखेंगे कि वक़्त के साथ देश के नागरिक की हैसियत से हिन्दू, हिन्दू नहीं रहेगा मुसलमान, मुसलमान नहीं रहेगा, धार्मिक दृष्टिकोण से नहीं क्यूंकि ये हर व्यक्ति का व्यक्तिगत ईमान है, बल्कि सियासी हैसीयत से.

पंडित जवाहरलाल नेहरू : सवाल : आधुनिक भारत का जनक कौन है?

विवेक कुमार पांडे : जवाब : राजा राममोहन राय को 'आधुनिक भारत का जनक' कहा जाता है। वे ब्रह्म समाज के संस्थापक थे। राजा राममोहन राय भारतीय उपमहाद्वीप में सामाजिक-धार्मिक सुधार आंदोलन के अग्रदूत थे।

पंडित जवाहरलाल नेहरू : सवाल : महात्मा गांधी और नेहरू का क्या रिश्ता था?

विवेक कुमार पांडे : जवाब : नेहरू–गांधी परिवार भारत का एक प्रमुख राजनीतिक परिवार है, जिसका देश की स्वतन्त्रता के बाद भारतीय राष्ट्रीय कांग्रेस पर करीब-करीब वर्चस्व रहा है। नेहरू परिवार के साथ गान्धी नाम फिरोज गान्धी से लिया गया है, जो इन्दिरा गान्धी के पति थे। गान्धी नेहरू परिवार में गान्धी शब्द महात्मा गान्धी से जुड़ा हुआ नहीं है।

पंडित जवाहरलाल नेहरू : सवाल : पंडित नेहरू के विकास मॉडल की विशेषताएं क्या है?

विवेक कुमार पांडे : जवाब : उन्होंने समाजवादी अर्थव्यवस्था या पूंजीवादी अर्थव्यवस्था को अपनाने की बजाए एक मिश्रित अर्थव्यवस्था को विकास का आधार बनाया। उन्होंने बताया कि नेहरू वास्तव में समाजवादी थे। परंतु संविधान सभा में अन्य विचार धाराओं वाले व्यक्तियों के साथ समायोजन करना भी जरूरी था। ताकि संविधान निर्माण में सर्व सम्मति लाई जा सकें।

पंडित जवाहरलाल नेहरू : सवाल : जवाहर भारत कब आये थे?

विवेक कुमार पांडे : जवाहरलाल नेहरू 1912 में भारत लौटे और वकालत शुरू की। 1916 में उनकी शादी कमला नेहरू से हुई। 1917 में जवाहर लाल नेहरू होम रुल लीग में शामिल हो गए। राजनीति में उनकी असली दीक्षा दो साल बाद 1919 में हुई जब वे महात्मा गांधी के संपर्क में आए।

पंडित जवाहरलाल नेहरू : सवाल : नेहरू जी ने चांद को अपना शहर क्यों कहा?

विवेक कुमार पांडे : जवाब : जेल में रहते हुए उन्हें चाँद ही अपना साथी इसलिए लगा क्योंकि वह प्रतिदिन निश्चित समय पर आकर उन्हें एक-एक दिन का अहसास करवाता था। साथ ही यह सीख भी देता था कि अंधकार के बाद प्रकाश अर्थात् दुख के बाद सुख के दिन भी अवश्य आते हैं।

पंडित जवाहरलाल नेहरू : सवाल : नेहरू जी कारावास में समय का अंदाजा कैसे लगाते थे?

विवेक कुमार पांडे : जवाब : नेहरूजी जिस दिन यहाँ आए उस दिन शुक्ल पक्ष का 'दूज का चाँद' आकाश में था। उन्हें ऐसा प्रतीत होता है कि जब भी दूज का चाँद आकाश में दिखाई देता है तो उसे एक महीना पूरा होने की सूचना देता है। चाँद उन्हें यह याद दिलाता रहा कि अंधेरे के बाद उजाला भी अवश्य आता है अर्थात् कठिनाइयों के बाद सुख के दिन भी अवश्य आएँगे।

पंडित जवाहरलाल नेहरू : सवाल : नेहरू जी ने भारतमाता की जय नारे का क्या अर्थ बताया?

विवेक कुमार पांडे : जवाब : नेहरू उन्हें बताते हैं कि भारत वह है जो उन्होंने समझ रखा है। इसमें नदी, पहाड़, जंगल, खेत व करोड़ों भारतीय शामिल हैं। भारत माता की जय का अर्थ है–इन सबकी जय। जब वे स्वयं को भारत माता का अंश समझते थे तो उनकी आँखों में चमक आ जाती थी।

पंडित जवाहरलाल नेहरू : सवाल : नेहरू के अनुसार भारत माता शब्द का असली भाव क्या है?

विवेक कुमार पांडे : नेहरू जी इन सभी सवालो का जवाब , एक एलान करते हुए देते है कि " यहाँ के पर्वत, नदियां, मैदान और जंगल आमतौर पर सबको प्रिय होता हैं, लेकिन मेरे लिए इस भारत के लोग ही भारत माता है। यहाँ इस देश के करोड़ों लोग भारत माता है।

पंडित जवाहरलाल नेहरू : सवाल : पंडित जवाहरलाल नेहरू ने औद्योगीकरण पर क्या कहा था बताइए?

विवेक कुमार पांडे : नेहरू और औद्योगीकरण विषय पर आयोजित व्याख्यान में उन्होंने कहा कि आज देश में औद्योगीकरण का जो जाल

फैला है वह नेहरू की दूरदृष्टि का ही प्रयास है। उन्होंने एक सपना देखा था कि हमारे देश को व यहां के नागरिकों को कभी भी दूसरों पर आश्रित न रहना पड़े इसके लिए नीति बनाकर काम कि या।

पंडित जवाहरलाल नेहरू : सवाल : क्या जवाहर लाल नेहरू मुस्लिम थे?

विवेक कुमार पांडे : अगर मुसलमानों ने उनकी हिफ़ाजत न की होती तो नेहरू खानदान का कहीं नामोनिशान तक न होता। नेहरू–गांधी परिवार का राजनीतिक आधार मोतीलाल नेहरू (1861-1931) ने रखा था। मोतीलाल नेहरू एक प्रसिद्ध वकील और स्वतन्त्रता सेनानी थे। मोतीलाल नेहरू के पिता का नाम गंगाधर नेहरू और माँ का नाम जीवरानी था।

पंडित जवाहरलाल नेहरू : सवाल : नेहरू जी को कौन सी जेल में रखा गया था?

विवेक कुमार पांडे : 'अहमदनगर का किला' पाठ अहमदनगर किले में बंदी रूप में रह रहे पंडित जवाहरलाल नेहरू द्धारा 13 अप्रैल, 1944 को लिखा गया। नेहरू जी कितनी बार जेलयात्रा कर चुके थे? नेहरू जी की नौवीं जेलयात्रा थी।

पंडित जवाहरलाल नेहरू : सवाल : पंडित नेहरू के लोकतंत्र संबंधी विचार क्या थे?

विवेक कुमार पांडे : पं. जवाहरलाल नेहरू एक राजनीतिक व्यवस्था स्थापित करना चाहते थे जिसमें नागरिकों को राजनीतिक स्वतंत्रता एवं अधिकार मिले, साथ ही समाजवादी के माध्यम से वे आर्थिक समानता तथा न्याय की अवधारणा स्थापित करना चाहते थे। इन दोनों अवधारणाओं को लागू करने के लिए लोकतंत्र तथा समाजवाद के समन्वय पर बल दिया।

पंडित जवाहरलाल नेहरू : सवाल : जवाहरलाल नेहरू के वंशज कौन थे?

विवेक कुमार पांडे : इसका जवाब थोड़ा लंबा है।

भारत के पहले प्रधानमंत्री जवाहरलाल नेहरू से जुड़ी कई अफवाहें आज-कल व्हॉट्सऐप या सोशल मीडिया साइट्स पर काफी फैलाई जा

रही हैं. उनमें से एक है कि जवाहरलाल नेहरू के पूर्वज मुगल थे और दूसरा आरोप सवाल के रूप में है कि 'नेहरू' सरनेम झूठा है और यह अन्य किसी राज्य या इलाके में नहीं पाया जाता. दूसरे दावे में यह भी सवाल किया जाता है कि अगर नेहरू कश्मीरी पंडित थे तो उनका गोत्र या कौटुम्बिक नाम क्या है?

इन सभी सवालों के जवाब की तलाश की जाए तो आसानी से यह पता चल जाएगा कि पूर्व प्रधानमंत्री पर लगाए गए यह सभी आरोप बेबुनियाद हैं. इन आरोपों का तार्किक खंडन नेहरू से जुड़ी या खुद उनके द्वारा लिखी गई किताबों में आसानी से मिल जाएगा. इन आरोपों के पीछे का सच जानने के लिए हमने नेहरू की आत्मकथा 'माय स्टोरी' के चंद पेज पलटे. उन्ही के बूते इन आरोपों का खंडन कर रहे हैं.

*क्या नेहरू के पूर्वज मुगल थे?

इस सवाल का जवाब नेहरू ने अपनी आत्मकथा के पहले पेज पर ही दिया है. उन्होंने अपनी आत्मकथा जो कि जून 1934 से फरवरी 1935 के दरमियान जेल में लिखी थी, में बताया है कि वह कश्मीरी हैं और उनके पूर्वज 18वीं सदी की शुरुआत में धन और यश कमाने के लिए कश्मीर की तराइयों से नीचे के उपजाऊ मैदान में आए थे. 18वीं सदी की शुरुआत में मुगल साम्राज्य के अंत की भी शुरुआत लगभग होने लगी थी.

उन दिनों फर्रुखसियर मुगल बादशाह था. नेहरू के जो पुरखे सबसे पहले नीचे आए थे उनका नाम था राजकौल. जिनका नाम कश्मीर के संस्कृत और फारसी के विद्वानों में शामिल होता था. आत्मकथा के मुताबिक फर्रुखसियर जब कश्मीर गया तब उसकी मुलाकात राजकौल से हुई और शायद मुगल बादशाह के कहने पर ही राजकौल का परिवार कश्मीर से दिल्ली आया.

दिल्ली आने के बाद राजकौल को कुछ जागीर और एक मकान दिया गया. नेहरू के मुताबिक मकान नहर के किनारे था. इसी के कारण उनके कौटुम्बिक नाम कौल के साथ नेहरू जुड़ गया. जिसके बाद वह कौल-नेहरू हो गए. जवाहरलाल नेहरू ने अपनी आत्मकथा में लिखा है कि आगे चलकर कौल तो गायब हो गया और महज नेहरू रह गया.

*कौल से नेहरू हुआ परिवार

जवाहरलाल नेहरू के मुताबिक इसी दरमियान उनके कुटुम्ब के वैभव का अंत हो गया और जागीर भी तहस नहस हो गई. इसी किस्से को लिखते हुए नेहरू बताते हैं कि उनके परदादा का नाम लक्ष्मीनारायण नेहरू था जो कि दिल्ली के बादशाह के दरबार में कंपनी सरकार के पहले वकील बने. जवाहरलाल नेहरू के मुताबिक उनके दादा गंगाधर नेहरू की 34 साल की उम्र में मृत्यु हो गई थी और वह 1857 की क्रांती के कुछ समय पहले तक दिल्ली के कोतवाल भी रहे थे.

तीन साल कानपुर में वकालत करने के बाद मोतीलाल नेहरू इलाहाबाद आ गए और हाईकोर्ट में वकालत शुरू की.

1857 के समर के बाद उनके परिवार के तमाम दस्तावेज तहस-नहस हो गए और सबकुछ लगभग खत्म होने के बाद उनका परिवार अन्य लोगों के साथ आगरा जा बसा. नेहरू के मुताबिक इस समय तक उनके पिता का जन्म नहीं हुआ था. आगरा में ही 6 मई 1861 को उनके पिता मोतीलाल नेहरू का जन्म हुआ. उनके दो बड़े भाई भी थे जो परिवार का पालन कर रहे थे. बंशीधर नेहरू जिन्हें जवाहर बड़े चाचा कहते थे वह ब्रिटिश सरकार के न्याय विभाग में नौकर थे और दूसरे चाचा नंदलाल नेहरू राजपूताना की एक रियासत के दीवान बन गए.

नेहरू परिवार आगरा से इलाहाबाद कैसे पहुंचा?

नंदलाल नेहरू ने कानून की पढ़ाई करने के बाद आगरा में वकालत शुरू की और उन्ही के साथ जवाहरलाल नेहरू के पिता काम करने लगे. नेहरू के छोटे चाचा (नंदलाल) हाई कोर्ट जाया करते थे और जब हाई कोर्ट इलाहाबाद चला गया तो उनका परिवार भी इलाहाबाद जा बसा और यहीं जवाहरलाल नेहरू का जन्म भी हुआ. जिस समय मोतीलाल नेहरू कानपुर और इलाहाबाद के कॉलेज में शिक्षा ग्रहण कर रहे थे तब तक उनके भाई इलाहाबाद के नामी वकीलों में पहचाने जाने लगे थे. कॉलेज से गोल्ड मेडल हासिल करने के बाद मोतीलाल नेहरू भी कानपुर की जिला अदालतों में वकालत करने लगे थे.

तीन साल कानपुर में वकालत करने के बाद मोतीलाल नेहरू इलाहाबाद आ गए और हाईकोर्ट में वकालत शुरू की. इसी दरमियान उनके बड़े भाई नंदलाल नेहरू की मौत हो गई. जिसके बाद उनके

सभी केस मोतीलाल नेहरू को मिल गए. अपनी तेज तर्रार तकरीरों से मोतीलाल नेहरू की गिनती भी इलाहाबाद हाई कोर्ट के नामी वकीलों में होने लगी थी. बता दें की जवाहरलाल नेहरू का जन्म 14 नवंबर 1886 को इलाहाबाद में ही हुआ था.

इन तथ्यों के आधार पर देखा जाए तो आज-कल जो भी खबरें भारत के पहले प्रधानमंत्री के नाम और इतिहास को लेकर फैलाई जा रही हैं वह सच न होकर महज व्यक्तिगत या निजी हित को साधने का प्रयास मात्र है.

पंडित जवाहरलाल नेहरू : बहुत ही विस्तार में बताया तुमने अती सुंदर । अगले सवाल का जवाब भी लंबा ही होगा ।

तैयार हो तुम ।

विवेक कुमार पांडे : में बिल्कुल तैयार हुं । मैं अपने दर्शकों से कुछ कहना चाहता हूं । आप सभी पंडित जवाहरलाल नेहरू जी का इंटरव्यू देखते रहिएगा ।

पंडित जवाहरलाल नेहरू : सवाल : जब नेहरू ने कहा था- टंडन जीते तो इस्तीफा दे दूंगा...और फिर पासा ही पलट गया!

विवेक कुमार पांडे : जवाब : टंडन जी का हिन्दी के लिए संघर्ष सड़क से सदन तक जीवनपर्यन्त जारी रहा. 1952 में लोकसभा में प्रवेश के बाद सदन में हिन्दी के लिए उनकी आवाज गूंजती रही.

कांग्रेस पार्टी के लंबे इतिहास में अध्यक्ष पद के दो यादगार चुनाव हुए. एक 1939 में, जब गांधी जी के न चाहने के बाद भी सुभाष चन्द्र बोस अध्यक्ष चुन लिए गए. दूसरी बार 1950 में जब पंडित नेहरू के खुले विरोध के बाद भी राजर्षि पुरुषोत्तम दास टंडन जीत गए. दोनो चुनावों में एक दिलचस्प समानता और रही. सुभाष बाबू को जीतकर भी इस्तीफा देना पड़ा. टंडन जी के साथ भी यही हुआ. पंडित नेहरू और सरदार पटेल इस चुनाव के पूर्व किसी एक नाम पर सहमति बनाने के लिए साथ बैठे थे.

टंडन जी उस समय उत्तर प्रदेश कांग्रेस कमेटी के अध्यक्ष थे. राष्ट्रीय अध्यक्ष पद का इससे पहले 1948 का चुनाव वह हारे थे. समर्थक उन पर फिर से चुनाव लड़ने के लिए दबाव बनाये हुए थे. निजी तौर पर उनके

प्रति आदर-लगाव रखने के बाद भी पंडित नेहरू उनकी उम्मीदवारी के पक्ष में नही थे.

*नेहरू की नजर में पुरातनपंथी और सांप्रदायिक टंडन

टंडन जी की दाढ़ी, विभाजन का प्रबल विरोध और हिन्दी के प्रति उत्कट प्रेम के चलते नेहरू की नजर में उनकी छवि ' एक पुरातनपंथी और साम्प्रदायिक ' नेता की थी. टंडन जी के स्वतंत्र व्यक्तित्व और शरणार्थियों के एक सम्मेलन की अध्यक्षता ने भी पंडित नेहरू को उनसे दूर किया था. एक दूसरा नाम शंकर राव देव का था. देव भाषायी आधार पर बृहत्तर महाराष्ट्र के तगड़े पैरोकार थे. इसमें वे सेण्ट्रल प्रॉविन्स और हैदराबाद के कई जिले शामिल कराना चाहते थे. इसके चलते सरदार पटेल से उनकी दूरियाँ बढ़ी हुई थीं. एच. सी. मुखर्जी और एस. के.पाटिल का भी नाम चला. पर बात नही बनी.

*नेहरू की राय में टंडन की जीत देश के लिए नुकसानदेह!

पंडित नेहरू और सरदार पटेल दोनो ही शुरुआती दौर में एक राय के थे कि जे.बी. कृपलानी को उम्मीदवार नही बनाना है. कृपलानी1946-47 में अध्यक्ष रहे थे. नेहरू-पटेल का उनसे तालमेल नही बन सका था. अध्यक्ष के तौर पर अपनी उपेक्षा की कृपलानी की भी शिकायतें थीं. इस बीच सी.आर. राजगोपालाचारी ने अध्यक्ष पद के लिए सरदार पटेल का नाम सुझाया. नेहरू खामोश रहे. लगा कि शायद नेहरू प्रधानमंत्री के साथ अध्यक्ष पद की भी जिम्मेदारी संभालना चाहेंगे. सरदार पटेल सहमत थे. नेहरू 2 अगस्त को पटेल के घर पहुंचे और सीआर राजगोपालाचारी को अध्यक्ष बनाने का सुझाव दिया. सरदार पटेल इस प्रस्ताव पर भी राजी थे. लेकिन सीआर ने इनकार कर दिया.

ये भी साफ हुआ कि पंडित नेहरू दोहरी जिम्मेदारी नही चाहते. पर टंडन जी को हराना उनकी प्राथमिकता है. नेहरू ने पटेल के रोकने के बाद भी मौलाना आजाद के घर वर्किंग कमेटी के दिल्ली में मौजूद सदस्यों की बैठक बुलाई. दो टूक कहा कि अध्यक्ष के पद पर टंडन उन्हें स्वीकार्य नही हैं. 8 अगस्त 1950 को पंडित नेहरू ने टंडन जी को सीधे पत्र लिखकर उनका विरोध किया, "आपके चुने जाने से उन ताकतों को जबरदस्त बढ़ावा मिलेगा ,जिन्हें मैं देश के लिए नुकसानदेह मानता हूं."

टंडन जी ने 12 अगस्त को पंडित नेहरू को उत्तर दिया," हम बहुत से सवालों पर एकमत रहे हैं. अनेक बड़ी समस्याओं पर साथ काम किया है. पर कुछ ऐसे विषय हैं, जिस पर हमारा दृष्टिकोण एक नहीं है. हिन्दी को राष्ट्रभाषा बनाया जाना और देश का विभाजन इसमें सबसे प्रमुख है. मैं आपको आश्वस्त करता हूं कि मेरे प्रति आपकी कटुतम अभिव्यक्ति भी मुझे कटु नही बना पाएगी और न ही आपके प्रति मेरे प्रेम में अवरोध कर सकेगी. मैंने वर्षों से अपने छोटे भाई की तरह विनम्रता के साथ आपसे प्रेम किया है."

*मेरे प्रधानमंत्री रहते टंडन को अध्यक्ष स्वीकार करना उचित नहीं

पर पंडित नेहरू मन बना चुके थे. टंडन जी के पत्र के एक दिन पहले ही 11 अगस्त को उनका नाम लिए बिना नेहरू ने एक बयान जारी किया," जब तक वह प्रधानमंत्री हैं,उन्हें (टंडन) अध्यक्ष स्वीकार करना उचित नही होगा . उम्मीद जतायी कि राजनीतिक, साम्प्रादायिक और अन्य समस्याओं के बारे में फैसले कांग्रेस की पुरानी सोच के मुताबिक ही लिये जाएंगे." इस बयान के जरिये नेहरू ने टंडन को लेकर अपना रुख सार्वजनिक कर दिया. रफ़ी अहमद किदवई इस चुनाव में पंडित नेहरू के मुख्य सलाहकार थे.

किदवई को अहसास था कि टंडन जी के सभी विचारों से सहमत न होने के बाद भी निष्ठा और ईमानदार छवि के कारण खासतौर पर हिन्दी पट्टी के राज्यों में कांग्रेसजन के बहुमत का उन्हें समर्थन प्राप्त है. शंकर राव देव के उनके मुकाबले टिकने की उम्मीद नही थी. किदवई ने नेहरू का मन बदलने की कोशिशें शुरू कीं. वह उन्हें समझाने में सफल रहे कि गुजरात,बिहार और उत्तर प्रदेश में अर्से से सक्रिय रहे कृपलानी ही टंडन का मुकाबला कर सकते हैं.

सरदार पटेल के लिए ये खबर चौंकाने वाली थी. किसी भी दशा में कृपलानी को स्वीकार न करने की नेहरू के साथ देहरादून में 5 जुलाई को हुई बात-चीत उन्होंने याद की. सीआर से कहा," मैं भीतर तक हिल गया हूं. मुझे आश्रम चले जाना चाहिए." सीआर को भी कृपलानी को उम्मीदवार बनाये जाने पर नेहरू से शिकायत थी. दोनो ने नेहरू को समझाने की कोशिश की, कि हिन्दू-मुस्लिम और शरणार्थियों के सवाल

पर कृपलानी ने नेहरू की टंडन के मुकाबले अधिक कड़ी आलोचना की हैं. पर नेहरू फैसला बदलने को तैयार नही थे.

*पटेल की मदद से टंडन जीते, राजाजी से पूछा- नेहरू का इस्तीफा लाए!

सरदार पटेल का टंडन जी के पक्ष में झुकाव शुरू हुआ. सरकार के भीतर भी खींचतान थी. सरदार को लग रहा था कि उन्हें किनारे किया जा रहा. कैबिनेट की वैदेशिक मामलों की कमेटी का सदस्य होने के बाद भी विदेशी मामलों में उनसे सलाह-मशविरा नही किया जा रहा था. खुद उनके गृह और राज्य मन्त्रालय मामलों में नेहरू की आलोचनात्मक दखल बढ़ रही थी. कांग्रेसियों के बीच टंडन जी की लोकप्रियता सरदार को लुभा रही थी. 25 अगस्त को किदवई की पहल पर नेहरू-कृपलानी की बैठक हुई. बैठक के बाद कृपलानी ने पत्रकारों से नेहरू के रुख पर अपना आभार व्यक्त किया. कांग्रेस के वोटरों के बीच साफ संदेश पहुंच चुका था कि यह कृपलानी-टंडन नही नेहरू-पटेल के बीच का भी मुकाबला है.

25 अगस्त को ही नेहरू ने पटेल को लिखा,” टंडन का चुना जाना वह अपने लिए पार्टी का अविश्वास मानेंगे. अगर टंडन जीतते हैं तो वह न तो वर्किंग कमेटी में रहेंगे और न ही प्रधानमंत्री रहेंगे.” पटेल ने सीआर से कहा कि वह जानते हैं कि नेहरू ऐसा कुछ नही करेंगे. 27 अगस्त को पटेल ने नेहरू से कहा,” आपको 30 वर्षों से जानता हूं. पर आज तक नही जान पाया कि आपके दिल में क्या है?” पटेल ने एक सयुंक्त बयान का प्रस्ताव किया कि उम्मीदवारों को लेकर असहमति के बाद भी बुनियादी सवालों पर हम एक हैं. अध्यक्ष जो भी चुना जाये, उसे कांग्रेस की नीतियों पर चलना होगा. नेहरू का जबाब था,”बयान का समय बीत चुका है.”

29 अगस्त को 24 स्थानों पर मतदान हुआ. 1 सितम्बर को गिनती हुई. टंडन 1306 वोट पाकर जीत गए. कृपलानी को 1092 और देव को 202 वोट मिले. उत्तर प्रदेश जो नेहरू और टंडन दोनो का गृह प्रदेश था, वहां टंडन को अच्छी बढ़त मिली. सरदार पटेल के गृह राज्य गुजरात के सभी वोट टंडन को मिले. नतीजों के बाद पटेल ने सीआर से पूछा, “क्या नेहरू का इस्तीफ़ा लाए हैं?” पटेल की उम्मीद के मुताबिक नेहरू इरादा बदल चुके थे. 13 सितम्बर 1950 को नेहरू ने एक बयान में कहा, “टंडन

की जीत पर साम्प्रदायिक और प्रतिक्रियावादी तत्वों ने खुलकर खुशी का इजहार किया है."

*नेहरू शुरू में किदवई के बिना वर्किंग कमेटी में शामिल होने को नहीं थे तैयार

सितम्बर के तीसरे हफ़्ते में कांग्रेस के नासिक सम्मेलन में टंडन जी ने अध्यक्षीय भाषण में हिन्दू सरकार की अवधारणा को खारिज किया. सम्मेलन ने नेहरू-लियाकत समझौते, साम्प्रदायिकता और वैदेशिक मामलों में भी सरकार के स्टैण्ड का समर्थन किया. टंडन वर्किंग कमेटी के चयन में पंडित नेहरू की इच्छाओं को सम्मान करने को तैयार थे,सिवाय रफ़ी अहमद किदवई के नाम को लेकर. नेहरू ने शर्त लगा दी कि वह बिना किदवई के कमेटी में शामिल नही होंगे. टंडन को समझाने की कोशिशें शुरु हुईं. मौलाना आजाद आगे आये.

इनकार में टंडन ने कहा कि वे उनकी तुलना में किदवई को कहीं ज्यादा जानते हैं. किदवई ने कहा था कि टंडन के जीतने पर अगर नेहरू इस्तीफा नही देते तो मैं बयान जारी करूंगा कि वह (नेहरू) अवसरवादी हैं. नतीजों के बाद किदवई ने खामोशी साध ली. मौलाना और सीआर ने पटेल से सिफारिश की. पटेल ने कहा टंडन से किदवई को कमेटी में लेने के लिए कहने की जगह वह सरकार छोड़ना पसन्द करेंगे,"नेहरू से पूछिए. वह सिर्फ इशारा करें. मैं सरकार से निकलने को तैयार हूं."

सीआर ने कहा, "मैं ऐसा कैसे कह सकता हूं? इससे देश का नुकसान होगा." दो दिन बाद नेहरू बिना किदवई के वर्किंग कमेटी में शामिल होने को तैयार हो गए. टंडन के साथ नेहरू, पटेल और मौलाना आजाद, पटेल के घर पर बैठे, जहां अन्य नामों पर सहमति बन गई.

जीत के बाद भी टंडन का इस्तीफा, कमान नेहरू के हाथ

आगे की राह टंडन के लिए आसान नही थी. 15 दिसम्बर 1950 को सरदार पटेल की मृत्यु के बाद पार्टी के भीतरी समीकरणों में भारी फेर-बदल हुआ. अनेक समाजवादी पहले ही कांग्रेस से अलग हुए थे. जून 1951 में आचार्य कृपलानी ने कांग्रेस छोड़ी. कृपलानी के इस फैसले के कारणों में टंडन की अगुवाई में पार्टी के पुरातनपंथी बन जाने का आरोप शामिल था. अध्यक्ष के तौर पर टंडन को नेहरू कभी स्वीकार नही कर

पाये.

सितम्बर 1951 में वर्किंग कमेटी से इस्तीफा देकर नेहरू ने नए सिरे से दबाव बनाना शुरु किया. उनका यह कदम इसी महीने बंगलौर में ए.आई.सी.सी. की बैठक में शक्ति परीक्षण की तैयारी का हिस्सा था. पहला आम चुनाव पास था. पार्टी की कलह चरम पर थी. टंडन ने अध्यक्ष पद से इस्तीफ़ा देकर प्रधानमंत्री नेहरू की राह आसान कर दी. बंगलौर में नेहरू अध्यक्ष चुन लिए गए. अब पार्टी और सरकार दोनो नेहरू के हाथ में थी. यही वह मुकाम था, जब सत्ता में दल के संगठन की दख़ल खत्म हो गई. आने वाले दिनों कांग्रेस के इस फार्मूले को उसकी प्रतिद्वन्दी पार्टियों ने भी सिर-माथे लिया .

*हर मोर्चे पर हिंदी के लिए संघर्ष

1 अगस्त 1882 को इलाहाबाद में जन्मे पुरुषोत्तम दास टंडन पढ़ाई के दौरान ही कांग्रेस से जुड़ गए. विदेशी हुकूमत के विरोध के कारण उनका म्योर कालेज से निष्कासन हुआ. 1906 में सर तेज बहादुर सप्रू के अधीन उन्होंने इलाहाबाद हाई कोर्ट में वकालत शुरु की. 1921 में गांधी जी के आवाहन पर वकालत छोड़ कर खुद को देश-समाज के लिए समर्पित कर दिया. अनेक जेल यात्राएं की. किसानों-मजदूरों को संगठित करने की कोशिशें कीं. पत्र-पत्रिकाओं का सम्पादन किया. बेहतरीन वक्ता थे. आजादी की लड़ाई की अगली कतार के नेताओं में टंडन जी की गिनती थी.

भारत की सभ्यता-संस्कृति और विरासत को लेकर उन्हें गर्व था. हिन्दी भाषा के प्रति उनका समर्पण अनूठा था. 1910 में काशी नागरी प्रचारिणी सभा के प्रांगण में उन्होंने हिन्दी साहित्य सम्मेलन की स्थापना की. 1918 में हिन्दी विद्यापीठ और 1947 में हिन्दी रक्षक दल का गठन किया. हिन्दी की मान-प्रतिष्ठा, प्रचार-प्रसार का संघर्ष उन्होनें अंग्रेजों के दौर में शुरु किया. आजादी के बाद भी यह जारी रहा. संविधान सभा में हिन्दी का सवाल जोर-शोर से उठाया.

1937 से 1950 के 13 वर्षों की अवधि में उत्तर प्रदेश विधानसभा के अध्यक्ष के रुप में भी वह हिन्दी के पक्ष में काम करते रहे. 1952 में लोकसभा में प्रवेश के बाद सदन में हिन्दी के लिए उनकी आवाज गूंजती

रही. 1956 में राज्यसभा सदस्य चुने गए. वहां भी वह हिन्दी को उसका उचित स्थान न मिलने की शिकायत करते रहे.

टंडन जी का हिन्दी के लिए संघर्ष सड़क से सदन तक जीवनपर्यन्त जारी रहा. वह जिस भी मंच पर पहुंचे, वहां उन्होंने हिन्दी के लिए आवाज उठायी. विभाजन के वह प्रबल विरोधी थे. देश के दो टुकड़े होने की पीड़ा के चलते वह आजादी के जश्न से दूर रहे. शरणार्थियों के कष्टों ने उन्हें बेचैन किया. उनके आंसू पोंछने की कोशिशों ने उनके अपनों की निगाहें तिरछी कर दीं.अपनी इन कोशिशों की उन्होंने बड़ी राजनीतिक कीमत चुकाई. पर वह अपने या परिवार के लिए कुछ हासिल करने के लिए राजनीति और सार्वजनिक जीवन में नही आए थे.

पंडित जवाहरलाल नेहरू : बहुत ही लंबा जवाब हो गया । अगला सवाल : जवाहरलाल नेहरू के दादा परदादा कौन थे?

विवेक कुमार पांडे : जवाब : गंगाधर नेहरू (1827 – 4 फरवरी 1861) वह 1857 के भारतीय स्वतन्त्रता संग्राम के दौरान दिल्ली के कोतवाल (मुख्य पुलिस अधिकारी) थे। वे स्वतंत्रता सेनानी एवं कांग्रेस नेता मोतीलाल नेहरू के पिता और स्वतंत्रता सेनानी एवं भारत के प्रथम प्रधानमन्त्री जवाहरलाल नेहरू के दादा थे।

पंडित जवाहरलाल नेहरू : सवाल : नेहरू की अंतिम यात्रा, नम आंखें, अथाह जनसमूह और गूंजते नारे ?

विवेक कुमार पांडे : जवाब : 27 मई 1964 को भारत के पहले प्रधानमंत्री जवाहरलाल नेहरू के निधन के बाद 29 मई को उनकी अंतिम यात्रा दिल्ली की सड़कों से निकली. "न्यूयार्क टाइम्स" ने इस मौके पर जो खास रिपोर्टिंग की, वो पेश है. ये यात्रा तीनमूर्ति भवन स्थित प्रधानमंत्री आवास से शुरू होकर राजघाट तक पहुंची. छह मील की अंतिम यात्रा में दिल्ली की सड़कों पर 15 लाख से ज्यादा लोगों की भीड़ नम आंखें लिए मौजूद थी. "नेहरू अमर रहें " नारे गूंज रहे थे. फूलों की वर्षा हो रही थी. पेश है न्यूयॉर्क टाइम्स की रिपोर्ट-

15 लाख भारतीयों का हुजूम नई दिल्ली की सड़कों पर लाइन लगाए खड़ा था. ये लोग जवाहरलाल नेहरू को आखिरी बार देखने और नमन करने के लिए आए थे. नेहरू 17 साल पहले आजाद हुए इस देश के

प्रधानमंत्री थे.

एक खुले वाहन पर नेहरू का पार्थिव शरीर रखा हुआ था ताकि छह मील की अंतिम यात्रा के रास्ते में लोग अपने प्रिय नेता के दर्शन कर सकें. इस पूरे रास्ते की सुरक्षा का भार भारतीय सेना, नौसेना और वायुसेना पर था, जिन्होंने यमुना नदी के किनारे के राजघाट में उस स्थल तक सुरक्षा की बागडोर संभाली हुई थी, जहां नेहरू का अंतिम संस्कार होना था.

74 वर्षीय प्रधानमंत्री का निधन दो दिन पहले हार्ट अटैक से हुआ. हालांकि जनवरी में उन्हें स्ट्रोक पड़ा था, जिससे वो उबर नहीं पाए. डॉक्टरों की हिदायत के बावजूद उन्होंने खुद को बिजी शेड्यूल में झोंक दिया था.

सफेट कॉटन की जैकेट में लगा था लाल गुलाब

लोगों की भीड़ पूरे रास्ते भर इकट्ठा थी. कई बार उन्हें वाहन के करीब आने से रोकना पड़ रहा था. गन कैरेज वाहन पर रखा नेहरू का खुला चेहरा नजर आ रहा था. शरीर फूलों से ढंका था.

उनके शरीर पर ऊंचे कॉलर की सफेट कॉटन जैकेट थी, जिसके बटनहोल में लाल गुलाब लगा था. नेहरू रोज अपनी जैकेट में गुलाब लगाते थे. भारतीय तिरंगा उनके शरीर के निचले हिस्से में लिपटा हुआ था.

*देश-विदेश के गणमान्य अतिथि

इस अंतिम यात्रा में हिस्सा लेने के लिए देश-विदेश के गणमान्य अतिथि भी आए हुए थे, जिनकी कारें गन कैरेज के पीछे चल रही थीं, जिन्हें बाद में अलग रास्ते से निकाला गया.

बढ़ती भीड़ के बीच अंतिम यात्रा धीरे-धीरे आगे बढ़ रही थी. ये उस भवन के सामने से निकली, जो भारत के राष्ट्रपति सर्वपल्ली राधाकृष्णन का आवास है, जो कभी ब्रिटिश वायसराय का घर था. ये लाल रंग के पत्थर का खास भवन है, जिसे ब्रितानियों ने बनवाया था.

अंतिम यात्रा जिस रास्ते से गुजर रही है, वहां हर ओर ब्रितानी राज में बने भवन नजर आ रहे थे. गन कैरेज राजपथ की ओर बढ़ी, जिसे नई दिल्ली में भारत सरकार की धुरी माना जाता है. यहां से यात्रा उस इंडिया

गेट की ओर पहुंची, जिसे जार्ज पंचम के सम्मान में बनवाया गया था. इसी के बगल में किंग की मूर्ति भी खड़ी है, जिसे नेहरू ने बरकरार रखा. वो मानते थे कि ये भी भारतीय इतिहास का बड़ा हिस्सा है.

*भीड़ उदास थी लेकिन मायूस नहीं

बेशक भीड़ उदास थी, उसकी आंखें नम थीं लेकिन उसमें वो मायूसी नहीं नजर आ रही थी, जो 1948 में मोहनदास कर्मचंद गांधी के अंतिम संस्कार के समय थी. लोग शायद जानते थे कि नेहरू जनवरी से ही गंभीर तौर पर बीमार हैं.

ये कहा जा सकता है कि नेहरू का निधन स्वाभाविक वजहों से हुआ जबकि गांधी की हत्या की गई. जब गांधी की हत्या हुई तब देश का भविष्य अनिश्चित लग रहा था. तब भारत आजाद ही हुआ था.

आज, बेशक राजनीतिक हालात जटिल हों, समस्याएं मुश्किल हों, तनाव भरपूर हों लेकिन भारत अपने पैरों पर खड़ा हो चुका है, 17 सालों से यहां स्वशासित सरकार है, अगर लोकप्रिय नजरिए से देखें तो ये देश अब स्थायित्व पा चुका है.

*कहीं-कहीं भीड़ अराजक हुई

इसलिए शोकाकुल लोग गांधी की मृत्यु के समय डरे हुए थे, जबकि आज जब वो 74 वर्ष के नेहरू को अलविदा कह रहे हैं, तो उन्हें मालूम है कि इस शख्स ने लंबे समय तक इस तरह देश को चलाया है कि वो इसे लंबे समय तक याद करेंगे.

हालांकि इस अंतिम यात्रा में कहीं-कहीं भीड़ अराजक भी होती दिखी. प्रधानमंत्री आवास के करीब पुलिस लाइंस और कई जगहों पर भगदड़ के दौरान चार लोग मारे गए. कई लोग घायल हो गए. उनके लिए अस्पताल में खासतौर पर स्पेशल वार्ड बनाया गया है.

*अमेरिका के विदेश मंत्री विशेष विमान से आए

अमेरिका के विदेश मंत्री डीन रस्क दोपहर दो बजे स्पेशल विमान से इस अंतिम संस्कार में हिस्सा लेने पहुंचे, उनके साथ भारतीय रक्षा मंत्री वाई बी चव्हाण भी लौटे. चव्हाण अमेरिका से हथियारों की मदद की बातचीत के लिए वाशिंगटन गए थे.

पालम एयरपोर्ट से भारतीय वायुसेना का एक हेलीकॉप्टर अंतिम संस्कार स्थल पर उन्हें ले जाने के लिए रवाना हुआ. सड़कों पर भीड़ जिस तरह बेतहाशा इकट्ठा है, ऐसे में उनका कार से अंतिम संस्कार स्थल तक पहुंच पाना असंभव था. रस्क के साथ अमेरिका के कई और मंत्री व अधिकारी भी आए हैं. रस्क अपने साथ अमेरिका में भारत के राजदूत बीके नेहरू को भी लेकर आए हैं.

फ्रांस के प्रतिनिधि लुई जोक्स रस्क के पहुंचने के थोड़ी ही देर बाद पालम पर उतरे लेकिन वो अंतिम संस्कार स्थल पर देर से पहुंच सके, क्योंकि वो वाहन से आए थे.

*माउंटबेटन खासतौर पर आए

एयरपोर्ट पर रस्क ने कहा, 'राष्ट्रपति जॉनसन ने मुझसे कहा कि भारतीय लोगों के प्रति वो गहरा दुख और संवेदना जता रहे हैं, क्योंकि भारत एक अपूरणीय क्षति से गुजर रहा है. नेहरू हमारे समय के महान ऐतिहासिक शख्सियत थे. महान भावना वाले महान शख्स. वो देश की आजादी के लिए लड़े और फिर एक देश को खड़ा किया. हम सभी उनके निधन से दुखी हैं और इस कठिन घड़ी में आपके साथ हैं.

इस मौके पर ब्रिटेन के प्रधानमंत्री सर एलेक डगलस और पूर्व वायसराय अर्ल माउंटबेटन खासतौर पर मौजूद थे. लार्ड माउंटबेटन भारत में ब्रिटेन के आखिरी वायसराय और आजाद भारत के पहले गर्वनर जनरल थे. वो नेहरू के करीबी मित्र भी थे. उन्होंने कहा, "मैं अपने जीवन के सबसे शानदार महान दोस्त के अंतिम संस्कार में शामिल होने आया हूं."सोवियत संघ से उपराष्ट्रपति एएन कोसीगिन और पाकिस्तान के विदेश मंत्री जुल्फिकार अली भुट्टो भी विदेशी अतिथियों में शामिल थे.

*हिंदू रीतिरिवाजों से अंतिम संस्कार

अंतिम यात्रा नेहरू के आवास से दोपहर एक बजे शुरू हुई और अंतिम संस्कार स्थल तक छह मील की दूरी तीन घंटे में तय की. जब शवयात्रा राजघाट पर पहुंची तो वहां एक लाख भारतीय मौजूद थे. हालांकि पुलिस को उन्हें पीछे करने में बहुत मेहनत करनी पड़ रही थी.

सेना ने उनके पार्थिव शरीर से तिरंगे को उतारा और बॉडी को दाहसंस्कार के लिए बनाई गई चिता पर रख दिया. नेहरू के परिवारजनों, राजनीतिक और सरकार के करीबी सहयोगियों ने चिता पर लकड़ियां सजाईं. चिता चंदन की लकड़ियों से बनाई गई. दाहसंस्कार के लिए घी का इस्तेमाल किया गया.सफेद वस्त्र पहने चार ब्राह्मणों ने हिंदू रीतिरिवाजों से मंत्रोच्चारण और संस्कृत श्लोकों के बीच उनके अंतिम संस्कार को पूरा किया.

*उदास खड़ी थीं इंदिरा

नेहरू की इकलौती पुत्री इंदिरा नीली बॉर्डर वाली सफेद साड़ी में उदास खड़ी थीं, जिसे उनकी बुआ कृष्णा हठीसिंह सहारा दे रही थीं. वो चिता में अग्नि प्रज्जवलित होने के साथ फफक उठीं. नेहरू की दूसरी बहन विजयलक्ष्मी पंडित भी वहां मौजूद थीं.

इस मौके पर शेख अब्दुल्ला भी अपने दोस्त को आखिरी विदा देने आए थे, हालांकि वो दस साल जेल में रहे. पिछले महीने ही उन्हें रिहा किया गया था. नेहरू को मुखाग्नि 17 साल के उनके नाती संजय गांधी ने दी. इस मौके पर उन्हें राइफल्स से सलामी दी गई. सारा राजघाट इलाका नेहरू अमर रहे नारों से गूंज रहा था.

पंडित जवाहरलाल नेहरू : सवाल : निधन के चंद घंटों पहले ही चार दिनों की यात्रा करके लौटे थे नेहरू ?

विवेक कुमार पांडे : जवाब : 26 मई को जवाहर लाल नेहरू थके हुए थे. वो आमदिनों की तुलना में जल्दी सोने चले गए थे. रातभर उनकी बेचैनी में बीती. वो कई बार उठे. हर बार उनका विश्वस्त सेवक नाथूराम उन्हें दर्द निवारक दवाएं देता रहा.

इससे पहले वो हेलीकॉप्टर से देहरादून से शाम 04.00-05.00 बजे के आसपास दिल्ली के लिए चले थे. देहरादून के पोलो ग्राउंड पर उनका हैलीकॉप्टर उन्हें दिल्ली ले जाने के लिए खड़ा था. छोटी सी भीड़ उन्हें विदा करने आई थी.

मिड-डे ने कुछ साल पहले देहरादून के एक पुराने पत्रकार राज कंवर के हवाले एक रिपोर्ट प्रकाशित की थी. जिसमें बताया गया था कि उस शाम नेहरू जब देहरादून से विदा हुए तो कैसे लग रहे थे.

चार दिन के अवकाश पर देहरादून गए थे

नेहरू दरअसल देहरादून में चार दिनों के अल्प अवकाश पर आए थे. उनकी सेहत जनवरी में भुवनेश्वर के हार्ट अटैक के बाद सुधर नहीं पाई थी. उनका रूटीन प्रभावित हो चुका था. उनका ज्यादातर काम बिना विभाग के मंत्री लाल बहादुर शास्त्री को दे दिया गया था. नेहरू जब चलते थे तो उनका बायां पैर दिक्कत में लगता था.

*उस शाम वो आखिरी बार देखे गए थे

देहरादून की 26 मई को वो शाम आखिरी शाम थी, जब नेहरू को आखिरी बार सार्वजनिक तौर पर देखा गया था. वो बेटी इंदिरा गांधी के साथ हेलिकॉप्टर में चढ़े.

हेलिकॉप्टर के दरवाजे पर खड़े होकर हाथ हिलाया. तब राज कंवर ने महसूस किया कि बायां हाथ ऊपर उठाते समय नेहरू के चेहरे पर कुछ दर्द सा उभर आया था. उनकी बेटी इंदिरा उन्हें सहारा देने के लिए खड़ी थी. बाएं पैर के मूवमेंट में भी दिक्कत महसूस हो रही थी. उन्होंने चेहरे पर भरपूर मुस्कुराहट लाने की कोशिश की लेकिन पूरे तौर पर ऐसा कर नहीं पाए.

*रातभर करवटें बदलते रहे

नेहरू करीब आठ बजे के आसपास दिल्ली पहुंचे. सीधे प्रधानमंत्री हाउस चले गए. रिपोर्ट्स की मानें तो वो थके हुए थे. पिछले कुछ समय वो अस्वस्थ चल रहे थे, लिहाजा उनके रूटीन पर भी इसका असर पड़ा था. वो रातभर करवटें बदलते रहे और पीठ के साथ कंधे में दर्द की शिकायत करते रहे. विश्वस्त सेवक नाथूराम उन्हें दवाएं देकर सुलाने का प्रयास करते रहे.

*सुबह अटैक के बाद कोमा में चले गए

द गार्जियन की 27 मई 1964 की रिपोर्ट कहती है कि सुबह 06.30 बजे उन्हें पहले पैरालिटिक अटैक हुआ और फिर हार्ट अटैक. इसके बाद वो अचेत हो गए. इंदिरा गांधी ने तुरंत उनके डॉक्टरों को फोन किया. तीन डॉक्टर तुरंत पीएम हाउस पहुंच गए. उन्होंने अपनी ओर से भरपूर कोशिश की लेकिन नेहरू का शरीर कोमा में पहुंच चुका था. शरीर से कोई रिस्पांस नहीं मिल रहा था, जिससे पता लगे कि इलाज कुछ असर कर

भी रहा है या नहीं. कई घंटे की कोशिश के बाद डॉक्टरों ने जवाब दे दिया.

27 मई से लोकसभा का सात दिनों का विशेष सत्र बुलाया गया था, जिसमें प्रधानमंत्री नेहरू खासतौर पर कश्मीर और शेख अब्दुल्ला के बारे में कुछ सवालों का जवाब देने वाले थे. जब वो संसद में नहीं पहुंच तो बताया गया कि अचानक उनकी तबीयत खराब हो गई है.

*दोपहर दो बजे निधन की घोषणा हुई

दोपहर 02.00 बजे स्टील मंत्री कोयम्बटूर सुब्रह्मणियम राज्यसभा में दाखिल हुए. उनके चेहरे पर हवाइयां उड़ी हुईं थीं. उन्होंने बुझे हुए स्वर में केवल इतना कहा, रोशनी खत्म हो गई है. लोकसभा तुरंत स्थगित कर दी गई. कुछ घंटों बाद गुलजारी लाल नंदा को कार्यवाहक प्रधानमंत्री बनाने की घोषणा की गई.

*आठ घंटे कोमा में रहे

दोपहर 02.05 बजे तक संसद में हर सांसद के पास ये खबर पहुंच चुकी थी. द न्यूयार्क टाइम्स ने तुरंत नेहरू के निधन पर एक अतिरिक्त संस्करण प्रकाशित किया, देश में भी समाचार पत्रों में दिन में विशेष संस्करण प्रकाशित हुए. द न्यूयार्क टाइम्स ने नेहरू आठ घंटे तक कोमा में रहे, उन्हें बचाया नहीं जा सका. गार्जियन ने घर के अंदरूनी सूत्रों का हवाला देते हुए रिपोर्ट दी कि उन्हें आतंरिक हैमरेज हुआ था. इसमें पहले पैरालिटिक स्ट्रोक और फिर हार्ट अटैक हुआ.

शाम 04.00 बजे भीड़ प्रधानमंत्री हाउस के सामने इकट्ठा होने लगी. इसमें नेता, राजनयिक, आम जनता शामिल थी. अगले दिन उनका पार्थिव शरीर जनता के आखिरी दर्शन के लिए रखा गया. 29 मई को उनका अंतिम संस्कार हिंदू रीतिरिवाजों से हुआ.

*मैं लंबे समय तक जिंदा रहूंगा

हालांकि निधन के मुश्किल से एक सप्ताह पहले नेहरू ने एक प्रेस कांफ्रेंस में कहा था, चिंता ना करें, मैं अभी लंबे समय तक जिंदा रहूंगा.

*उस दिन शादियों का बड़ा साया था

27 मई को देशभर में शादियों का बड़ा साया था. जैसे ही नेहरू के निधन की खबर फैली. तुरंत सदमे की शोक की स्थिति हो गई. शादियां तो हुईं लेकिन कहीं कोई बाजा-गाजा नहीं बजा.

पंडित जवाहरलाल नेहरू : बहुत खुब । अगला सवाल : कितने घंटे सोते थे और कितने घंटे काम करते थे जवाहरलाल नेहरू ?

विवेक कुमार पांडे : जवाब : नेहरू एक प्रधानमंत्री के तौर पर बहुत मेहनत करते थे. वो दिन में कितने घंटे सोते थे और कितना आराम करते थे, इसके बारे में बरसों तक उनके निजी सचिव रहे एम ओ मथाई ने विस्तार से लिखा है. अपने रूटीन में नेहरू और क्या क्या करते थे, ये जिक्र भी उन्होंने अपनी किताब में किया है.

मथाई ने अपनी किताब रेमिनिसेंसेज ऑफ द नेहरू एज में लिखा है कि नेहरू ने आजादी मिलने के पहले से ही सितंबर 1946 से अपने सेक्रेट्रिएट में रविवार ही नहीं छुट्टी के दिनों में भी काम करना शुरू कर दिया था.

किताब में लिखा है कि नेहरू जबरदस्त मेहनत करते थे. उनकी रात की नींद इतनी कम होती थी कि हमें लगता था कि उन्हें कम से कम रविवार को तो कुछ आराम करना ही चाहिए, जिससे वो हफ्ते के बाकी दिनों में ज्यादा उर्जावान रहें.

मथाई लिखते हैं मैंने घुमा फिराकर कई बार नेहरू से ये बात कही, लेकिन वो इसे अनसुना कर दिया कर दिया करते थे. इसका असर ये होता था कि कई बार उन्हें अपने स्टाफ को डिक्टेट करते समय जितना सचेत रहना होता था, उसमें वो कुछ बोझिल लगने लगते थे. कई बार उन्हें झपकी भी आ जाती थी.

*इससे उनकी नींद और कम हो गई

मथाई लिखते हैं कि नेहरू रात में मुश्किल से पांच घंटे सोते थे. जब उन्होंने रविवार को भी सेक्रेटिएट आना शुरू कर दिया तो उनकी नींद और कम हो गई. पहले वो रविवार या छुट्टी के दिन आराम कर लिया करते थे, अब वो भी बंद हो गया. अब कई बार वो मीटिंग में झपकी लेने लगते थे.

मथाई के अनुसार उन्होंने नेहरू से कहा कि उन्हें रविवार और छुट्टी के दिन दोपहर में कुछ सोना चाहिए, ये उनके लिए जरूरी है. इसका कोई फायदा नहीं हुआ, क्योंकि नेहरू को अपने स्वास्थ्य पर बहुत फख्र था.

नेहरू का जवाब था-काम कभी किसी को नहीं मारता

लिहाजा अब मथाई ने दूसरा रास्ता तलाशा, उन्होंने नेहरू से कहा, उनके जो पीए और अन्य स्टाफ के लोग हैं, वो सभी विवाहित और बच्चे वाले हैं, उन्हें कम से कम एक दिन तो चाहिए कि वो अपने परिवार के साथ समय बिता पाए, सिनेमा जाए या शॉपिंग कर सकें. उनके लिए कम से कम आपको रविवार और छुट्टी वाले दिन सेक्रेट्रिएट जाना बंद कर देना चाहिए. मैं उस दिन घर पर ही आपके लिए एक दो पीए या स्टाफ अरेंज कर दूंगा, जिससे आप अपना काम वहां से ही कर पाएं..और मैं तो वहां रहूंगा ही.

वो आगे लिखते हैं, मेरी बात पूरी होने से पहले ही नेहरू ने कहा-काम कभी किसी को नहीं मारता. मेरा जवाब था, ज्यादा काम थका देता है और आप थकान अफोर्ड नहीं कर सकते. ये बात नेहरू के समझ में आ गई और वो रविवार और छुट्टियों के दिन लंच के बाद कुछ आराम करने लगे. बाद में वो रोज लंच के बाद आधे घंटे की झपकी लेने लगे.

*क्या होता था आमतौर पर नेहरू का रूटीन

अगर रिपोर्ट्स और किताबों की मानें तो जवाहर लाल नेहरू सुबह करीब चार बजे उठ जाते थे. वो योगासन करते थे, जिसमें शीर्षासन शामिल होता था. फिर वो कुछ देर प्रधानमंत्री हाउस के लान में टहलते थे. दिन में उनके लंच का टाइम आमतौर पर तय था लेकिन रात का डिनर अक्सर लेट होता था. वो देर से सोने वाले लोगों में थे. वो दिन में करीब 16 घंटे से ज्यादा काम करते और फाइलों को देखते हुए बिताते थे.

*किस तरह की ड्राफ्टिंग कराते थे

मथाई ने किताब में कहा है, नेहरू को दुनिया में बेहतरीन अंग्रेजी गद्य लिखने वाले प्रधानमंत्री के रूप में माना जाता था. वो दिन पांच ऐसे पत्र जरूर लिखाते थे, जो गद्य के हिसाब से वाकई बेहतरीन होते थे. वो इसे डिक्टेट कराते थे.वो अपना काफी समय लेटर्स, बयान और भाषण डिक्टेट करने में लगा देते थे.

पंडित जवाहरलाल नेहरू : सवाल : भारत विभाजन के लिए क्यों तैयार हो गए थे नेहरू ?

विवेक कुमार पांडे : जवाब : आजादी के बाद भारत के पहले प्रधानमंत्री बने जवाहरलाल नेहरू की धाक सिर्फ भारत में ही नहीं बल्कि

दुनिया के तमाम देशों में थी. वो अपने समय में दुनिया के प्रमुख नेताओं में माने जाते थे. साथ ही उनके परमाणु बम विरोधी और किसी भी वैश्विक गुट में न शामिल होने की अंतरराष्ट्रीय राजनीति ने वैश्विक चर्चा का विषय बना दिया था. 27 मई, 1964 को जवाहरलाल नेहरू का निधन हो गया था. इससे कुछ ही दिन पहले एक अमेरिकी टीवी होस्ट अर्नोल्ड मिशेल्स ने उनका इंटरव्यू किया था. ये शायद उनका आखिरी इंटरव्यू था.

एच वाई शारदा प्रसाद की किताब के जरिए हमें पता चलता है कि जवाहरलाल नेहरू की मौत से कुछ हफ्ते पहले ही यह इंटरव्यू किया गया था. चंद्रिका प्रसाद की लिखी एक दूसरी किताब में इस इंटरव्यू के न्यूयॉर्क, अमेरिका में प्रसारित होने की तारीख 18 मई, 1964 बताई गई है. यानि यह बात तय है कि 27 मई, 1964 को जवाहरलाल नेहरू ने निधन से कुछ दिन पहले ये इंटरव्यू दिया था. यहां पढ़ें जवाहर लाल नेहरू के इस आखिरी इंटरव्यू का कुछ हिस्सा, जिससे भारत के मुस्लिमों और विभाजन के बारे में कई बातें सामने आती हैं (यहां पर 13वें मिनट 50वें सेकेंड से लेकर 19वें सेकेंड तक के इंटरव्यू का हिंदी अनुवाद दिया हुआ है)-

अर्नोल्ड मिशेल्स: भारत में वैचारिक तौर पर बहुत से अल्पसंख्यक लोग हैं क्या 1947 के विभाजन का मुख्य कारण यही था?

जवाहरलाल नेहरू: वाकई भारत में वैचारिक तौर पर बहुत से अल्पसंख्यक लोग हैं लेकिन उनमें ज्यादातर धार्मिक अल्पसंख्यक हैं. जब उन्हें ये लगा कि भारत तो आजाद हो जाएगा लेकिन वे अल्पसंख्यक ही बने रहेंगे तो उन्हें ये विचार पसंद नहीं आया.

अर्नोल्ड मिशेल्स: आप, गांधी और जिन्ना तीनों ही विभाजन से पहले अंग्रेजों के आधिपत्य के खिलाफ भारत की स्वतंत्रता की लड़ाई में शामिल रहे.

जवाहरलाल नेहरू: जिन्ना भारत की आजादी की लड़ाई में बिल्कुल भी शामिल नहीं रहे बल्कि उन्होंने इसका विरोध किया. मुस्लिम लीग की शुरुआत शायद 1911 में हुई थी (मुस्लिम लीग की औपचारिक शुरुआत 30 दिसंबर, 1906 को ही हो गई थी). इसे मुख्यत: ब्रिटिशों ने

शुरू किया था. इसकी शुरुआत हमारे धर्मों में दरार पैदा करने के लिए की गई थी. उन्हें इसमें कुछ हद तक सफलता भी मिली. आगे चलकर ये हमारे सामने विभाजन के तौर पर सामने आयी.

अर्नोल्ड मिशेल्स: क्या आप और महात्मा गांधी इसके पक्ष में थे?

जवाहरलाल नेहरू: महात्मा गांधी कभी इसके पक्ष में नहीं थे. यहां तक कि जब विभाजन हो गया, तब भी वे इसके पक्ष में नहीं थे. मैं भी इसके पक्ष में नहीं था लेकिन अंत में मैंने बहुत सारे दूसरे लोगों की तरह ये फैसला किया कि इस लगातार चलने वाली परेशानी से अच्छा विभाजन है.

अगर आप देखें तो मुस्लिम लीग के नेता बड़े-बड़े जमींदार थे. वे भूमि सुधार को पसंद नहीं करते थे. हम भूमि सुधारों को लाने के लिए बहुत चिंतित थे. जैसा कि हमने बाद में किया भी. ये भी उन वजहों में एक है जिनके चलते हमने विभाजन के बारे में सोचा.

अगर वे हमारे साथ रहते तो दूसरी परेशानियों के साथ वे हमारे ऐसे बहुत से कदमों का विरोध करते. ऐसे में हमने उन्हें एक हिस्सा देकर अपने सुधार आदि के कार्यक्रमों को जारी रखा. बाद में जो इन सुधारों के रास्ते में आए, हमने उन नेताओं से बातें करके उन्हें समझाया.

अर्नोल्ड मिशेल्स: अभी तक आप (भारत में लोग) प्यार से कई शताब्दियों से मुस्लिमों के साथ रहते आए हैं, क्या ऐसा नहीं है?

जवाहरलाल नेहरू: सैकड़ों सालों से, वे प्यार से साथ रहते आ रहे थे. कभी-कभार कुछ समस्याएं आईं लेकिन ज्यादातर वक्त कोई समस्या नहीं थी. हिंदुओं की अपनी धार्मिक मान्यताओं में धर्मांतरण कराने के पक्ष में नहीं रहते हैं. वे बहुत ज्यादा इसके बारे में चिंता नहीं करते हालांकि दूसरा समूह करता है. वहीं मुस्लिम लोगों को धर्मांतरित कराने के इच्छुक थे. आज जितने भी मुस्लिम भारत में हैं ज्यादातर हिंदुओं के ही वंशज हैं. उनमें से केवल मुट्ठीभर ऐसे हैं जो बाहर से आए हैं.

अर्नोल्ड मिशेल्स: तो क्या वे सच में धर्मांतरण में कामयाब हुए?

जवाहरलाल नेहरू: हां वे हुए लेकिन बहुत ही छोटे स्तर पर. सैकड़ों-सैकड़ों सालों तक चली इस प्रक्रिया के बाद भी वे देश की एक-चौथाई जनसंख्या से भी कम को धर्मांतरित करा सके.

अर्नॉल्ड मिशेल्स: तो अभी हिंदुस्तान में कितने मुस्लिम रहते हैं?

जवाहरलाल नेहरू: मैं ठीक-ठीक तो नहीं बता सकता लेकिन पांच करोड़ से ज्यादा.

अर्नॉल्ड मिशेल्स: ये तो आपको दूसरा-तीसरा बड़ा मुस्लिम देश बना देता है

जवाहरलाल नेहरू: हां, दुनिया में तीसरा सबसे ज्यादा मुस्लिम आबादी वाला देश (अब भारत दूसरा सबसे बड़ा मुस्लिम जनसंख्या वाला देश है, वह पाकिस्तान की मुस्लिम आबादी से थोड़ा आगे है).

अर्नॉल्ड मिशेल्स: ऐसे में किसी बाहरी के लिए विभाजन को समझ पाना बहुत मुश्किल होगा, अगर अब भी भारत में पांच करोड़ या उससे ज्यादा मुस्लिम आबादी रहती है?

जवाहरलाल नेहरू: मुस्लिम हर गांव-गांव में रहते हैं. कोई एक ऐसा स्थान नहीं है जहां वे (मुस्लिम) एक साथ बसे हों, हालांकि उनकी बहुसंख्यक जनसंख्या अब पाकिस्तान में है लेकिन भारत के गांवों-गांवों में वे साथ-साथ रहते हैं. ऐसे में उन्हें बड़ी संख्या में अपनी जड़ों से उखाड़ना पड़ता. यह भी विभाजन के खिलाफ दिया गया एक बड़ा तर्क था.

पंडित जवाहरलाल नेहरू : सवाल : लोकतांत्रिक विचारधारा से क्या तात्पर्य है?

विवेक कुमार पांडे : लोकतांत्रिक समाजवाद एक राजनीतिक विचारधारा हैं, जो राजनीतिक लोकतंत्र के साथ उत्पादन के साधनों के सामाजिक स्वामित्व की वकालत करती हैं, व इसका अधिकतर ज़ोर समाजवादी आर्थिक प्रणाली में लोकतांत्रिक प्रबन्धन पर रहता हैं।

में अपने दर्शकों को कुछ बताना चाहता हूं लेकिन पहले नेहरू जी हमें आज्ञा दे तब ।

पंडित जवाहरलाल नेहरू : आज्ञा है ।

विवेक कुमार पांडे : आपका धन्यवाद ।

जानिये बच्चों के चहेते चाचा नेहरू खुद बचपन में किस तरह रहते थे ।

चाचा नेहरू का बच्चों से प्रेम उनकी फितरत में था, बच्चों को वे गुलाब के फूल की पंखुड़ियों की तरह कोमल मानते थे, वे चाहते थे कि वे बच्चे हमेशा उनके आसपास रहें, ठीक उसी तरह जैसे उनकी शेरवानी पर गुलाब का फूल हमेशा रहता था।

बच्चों, तुम्हारे प्यारे चाचा नेहरू जो तुमसे इतना प्यार करते थे उनका बचपन कैसा था यह जिज्ञासा भी आपको जरूर होती होगी। आइये जानते हैं बचपन में वे स्वयं कैसे थे।

बचपन में चाचा नेहरू भी आपकी तरह ऊंची उड़ती रंग-बिरंगी पतंगों को देखकर बहुत खुश होते थे। पिता के साथ पतंग उड़ाने का खूब मज़ा लेते थे वे। उनके पिता जब पतंग को ऊंची उड़ाकर उसकी डोर नन्हें जवाहर के हाथ में थमा देते तो वे श्वास रोककर पतंग थामे रहते। आपके प्यारे चाचा यानि पंडित जवाहरलाल नेहरू के पिता मोतीलाल जो पेशे से इलाहाबाद के प्रख्यात वकील थे, एक शौकीन मिजाज इंसान थे। घर में ऐशो आराम की कोई कमी न थी। राजकुमारों की तरह पालन पोषण हुआ था बचपन में चाचा नेहरू का। अपने जीवन में धन की कमी न होने के बावजूद गरीबों के दर्द का अहसास था उनमें। गरीबी देखकर वे बहुत दुःखी होते थे। कई बार वे कहते थे- 'यदि मेरे पास अलादीन का चिराग होता तो मैं एक फूंक मारकर दुनिया से गरीबी दूर कर देता।'

जवाहर लाल के जन्मदिन पर पिता मोतीलाल नेहरू उन्हें हर साल कभी गेंहू, चावल, कभी कपड़ों और कभी मिठाइयों से तौलते और फिर उन कपड़ों, मिठाइयों आदि को गरीबों में बांट दिया जाता था। यह देखकर जवाहर बहुत खुश होते। वे अपने पिता से पूछते कि क्या जन्मदिन साल में कई बार नहीं मनाया जा सकता?

पिता के पास पैसों की कोई कमी तो थी नहीं अतः वे अपने बेटे को उच्च से उच्च शिक्षा दिलवाना चाहते थे, इसलिए बेटे जवाहर लाल का उन्होंने शिक्षा के लिए लंदन के एक प्राइवेट बोर्डिंग स्कूल 'हैरो' में दाखिला कराया। हैरो लंदन के प्रसिद्ध स्कूलों में था। जिसके निकले कई छात्र प्रधानमंत्री के पद तक पहुंचे। यही स्कूल था जहां से पिट, बॉल्डविन, विंस्टन चर्चिल, पामरस्टन और फिर पंडित जवाहर लाल नेहरू भी प्रधानमंत्री के पद तक पहुंचे।

पंडित जवाहर लाल नेहरू भारत के प्रथम प्रधानमंत्री थे। वह बचपन में कुछ एकाकी, शर्मीले पर जिज्ञासु प्रकृति के थे और दोस्तों के साथ खेलने की जगह वे अपने पिता या भाई बन्धुओं के साथ खेलना ज्यादा पसंद करते थे। उनके पिता बहुत ही स्पष्ट और खुले विचारों के व्यक्ति थे। बालक जवाहर के सभी अनसुलझे सवालों को उसके सामने स्पष्ट करने में वे कोई भी कसर नहीं छोड़ते थे। बोर्डिंग स्कूल में रहते हुए अपनी बातों, जिज्ञासाओं को भी जवाहर लाल पत्रों द्वारा अपने पिता से शेयर करते और पिता मोतीलाल नेहरू उनकी जिज्ञासाओं का समाधान भी अपने भेजे पत्रों से करते। स्कूल में होने वाले सभी खेलों में वे भाग तो लेते पर उनके पसंदीदा खेल थे घुड़सवारी और निशानेबाजी जिसमें उन्हें महारत हासिल थी। जवाहर लाल नेहरू को ब्रिटिश अखबारों में दिलचस्पी नहीं थी क्योंकि उनमें भारत की खबरें बहुत कम होती थीं इसलिए वे अपने पिता से डाक द्वारा भारतीय अखबार मंगवाते। मोतीलाल नेहरू अखबारों के साथ उनकी विशेष खबरों पर अपनी राय भी भेजा करते थे। आपसी विचार–विमर्श में भारतीय राजनीति में बेटे की रूचि स्पष्ट झलकती थी। ऐसे थे हमारे नेहरू जी।

पंडित जवाहरलाल नेहरू : सवाल : जवाहरलाल नेहरू ने किस की कौन सी चुनौती स्वीकार की थी?

विवेक कुमार पांडे : जवाब : नेहरू रिपोर्ट भारत के लिए प्रस्तावित नए अधिराज्य के संविधान की रूपरेखा थी। 10 अगस्त, 1928 को प्रस्तुत (28-31 अगस्त के बीच पारित) यह रिपोर्ट ब्रितानी सरकार के भारतीयों के एक संविधान बनाने के अयोग्य बताने की चुनौती का भारतीय राष्ट्रीय कांग्रेस के नेतृत्व में दिया गया सशक्त प्रत्युत्तर था।

पंडित जवाहरलाल नेहरू : सवाल : नेहरू समिति के अध्यक्ष कौन थे?

विवेक कुमार पांडे : पंडित मोतीलाल नेहरू को इस समिति का अध्यक्ष बनाया गया था। समिति के अन्य सदस्यों में, सर अली इमाम, एम.एस. अणे, तेजबहादुर सप्रू, मंगल सिंह, जी.

पंडित जवाहरलाल नेहरू : सवाल : नेहरू रिपोर्ट के प्रमुख सुझाव ?

विवेक कुमार पांडे :

नेहरू रिपोर्ट के प्रमुख सुझाव (अनुशंसाएं)

नेहरू रिपोर्ट में क्या सुझाव दिए गए थे –

नेहरू रिपोर्ट में मौलिक अधिकारों को संविधान में स्थान देने की सिफारिश की गई थी।

सिंध प्रांत को मुंबई से अलग एक पृथक प्रांत बनाने का सुझाव दिया गया था।

देश के प्रांतों को केंद्र की भांति उत्तरदायी शासन की स्थापना करने का सुझाव दिया गया था।

भारत को औपनिवेशिक स्वतंत्रता दी जाए। भारत का स्थान ब्रिटिश शासन के अंतर्गत अन्य उपनिवेश के समान हो।

भारत की केंद्र व्यवस्थापिका दो सदनों (निम्न सदन और उच्च सदन) वाली हो। निम्न सदन का निर्वाचन वयस्क मताधिकार के आधार पर प्रत्यक्ष रीति से और उच्च सदन का निर्वाचन वयस्क मताधिकार के आधार पर परोक्ष रीति से किया जाये। निम्न सदन में 500 सदस्य और उच्च सदन में 200 सदस्य हो। निम्न सदन का कार्यकाल 5 वर्ष और उच्च सदन का कार्यकाल 7 वर्ष का हो।

केंद्र में पूर्ण उत्तरदायी सरकार की स्थापना की जाए।

भारत के गवर्नर जनरल को लोकप्रिय मंत्रियों के परामर्श पर और संवैधानिक प्रधान के रूप में काम करना चाहिए।

केंद्र और प्रांतों के बीच शक्तियों का उचित वितरण किया जाए। अवशिष्ट शक्तियां केंद्र को प्रदान की जाए।

भारत के उत्तर पश्चिम सीमा प्रांत को वैधानिक प्रांत घोषित किया जाए।

भारत के प्रांतों / राज्यों के अधिकारों और विशेषाधिकारों की रक्षा की व्यवस्था की जाए। भारतीय संघ में अन्य प्रांतों को तभी सम्मिलित किया जाए जब वे उत्तरदायी शासन की व्यवस्था कर ले। केंद्र सरकार में एक चौथाई मुस्लिम प्रतिनिधित्व होने चांहिए।

बंगाल और पंजाब प्रांत में जनसंख्या समुदायों के लिए किसी सीट का आरक्षण ना हो। लेकिन जिन राज्यों में मुस्लिम जनसंख्या कुल जनसंख्या के 10% से कम है वहां पर मुस्लिमों के लिए सीटों का आरक्षण किया जा सकता है।

भारत में सरकार को संघीय रूप से स्थापित किया जाए। अल्पसंख्यकों के लिए पृथक निर्वाचन प्रणाली को समाप्त किया जाए क्योंकि इससे सांप्रदायिक भावनाएं पैदा होती हैं।

भारत में प्रांतों का गठन भाषाई आधार पर किया जाये।

मुसलमानों को धार्मिक और सांस्कृतिक रूप से संरक्षण दिया जाए।

धर्मनिरपेक्ष देश की स्थापना की जाए। राजनीति धर्म से अलग रहे।

भारत में उच्चतम न्यायालय, लोक सेवा आयोग और एक प्रतिरक्षा समिति की स्थापना की जाए।

भारत के प्रांतों की व्यवस्थापिका (सरकार) का कार्यकाल 5 वर्ष का हो। प्रांत का प्रमुख गवर्नर जनरल को बनाया जाए जो प्रांतीय कार्यकारिणी परिषद की सलाह पर कार्य करेगा।न्यायपालिका विधायिका से स्वतंत्र होनी चाहिए।

*नेहरू रिपोर्ट का विरोध

नेहरु रिपोर्ट का विरोध क्यों, कैसे हुआ –

सर्वदलीय सम्मेलन में मुस्लिम नेता मोहम्मद अली जिन्ना ने नेहरू रिपोर्ट का विरोध किया। वे चाहते थे कि संविधान में मुस्लिमों को अधिक प्रतिनिधित्व दिया जाए। जिन्ना ने अपनी 14 सूत्रीय माँगे रखी।

आगा खां ने इस रिपोर्ट का विरोध किया। वे चाहते थे कि देश के हर प्रांत को आज़ादी दी जाए।

सिखों ने भी इस रिपोर्ट का विरोध किया। उनका कहना था कि पंजाब में सिखों को विशेष प्रतिनिधित्व दिया जाए।

राष्ट्रवादी मुसलमानों का एक दल जिसमें डॉक्टर अंसारी, अली इमाम थे, वे नेहरू रिपोर्ट को स्वीकार करने के पक्ष में थे।

भारतीय राष्ट्रीय कांग्रेस में भी नेहरू रिपोर्ट को लेकर मतभेद था। कांग्रेस पार्टी का वामपंथी युवा वर्ग जिसमें सुभाष चंद्र बोस और पंडित जवाहरलाल नेहरू थे वह भारत को औपनिवेशिक स्वतंत्रता के विकल्प से संतुष्ट नहीं थे और भारत को पूर्ण स्वतंत्रता दिलवाना चाहते थे।

कांग्रेस पार्टी के वामपंथी युवा वर्ग ने नवंबर 1928 को "इंडिपेंडेंस लीग" की स्थापना की। भारत के नौजवानों के मन में आज़ादी के लिए रुचि उत्पन्न की। युवा वर्ग ने यह निर्णय लिया कि यदि एक वर्ष के अंदर

ब्रिटिश सरकार भारत को "डोमिनियन राज्य" का दर्जा प्रदान नहीं करती है तो काँग्रेसी पूर्ण स्वतंत्रता के लिए आंदोलन करेगी और "असहयोग आंदोलन" को फिर से शुरू कर दिया जाएगा।

*नेहरू रिपोर्ट असफल और अमान्य रही

यह कहा जा सकता है कि नेहरू रिपोर्ट असफल रही। जिस समय संविधान का प्रारूप बनाया गया था, उस समय गांधी जी सर्वदलीय सम्मेलन में उपस्थित नहीं थे। उन्होंने अपने विचार प्रकट नहीं किए थे।

इसके साथ ही नेहरू रिपोर्ट में कई दोष थे। रिपोर्ट में भारत के नागरिकों के मूल अधिकारों में राजा और जमींदारों के असीम भूमि अधिकार को सुरक्षित रखा गया था, जो कि नये भारत के लिए सही नहीं था। इस कारण देश के नेताओं और आम जनता ने इस रिपोर्ट को अमान्य घोषित कर दिया।

पंडित जवाहरलाल नेहरू : सवाल : संघ शक्ति समिति क्या है?

विवेक कुमार पांडे : जवाब : संघ शक्ति समिति में नौ सदस्य थे, इसके अध्यक्ष पंडित जवाहरलाल नेहरू थे. कार्य संचालन समिति में तीन सदस्य थे और इसके अध्यक्ष थे डॉ. कन्हैया माणिकलाल मुंशी, प्रांतीय विधान समिति में 25 सदस्य थे और अध्यक्ष थे सरदार वल्लभ भाई पटेल, संघ विधान समिति में 15 सदस्य थे और इसके अध्यक्ष थे पंडित जवाहरलाल नेहरू.

पंडित जवाहरलाल नेहरू : इसे जरा विस्तार में बताओ ।

विवेक कुमार पांडे : जी ।

अक्सर हमारे सामने यह तथ्य आता है कि भारत के संविधान निर्माता डॉ. भीम राव आंबेडकर हैं, लेकिन यह एक अधूरा तथ्य है. डॉ. आंबेडकर ने भारत के संविधान में न्याय, बंधुत्व और सामाजिक-आर्थिक लोकतंत्र के भाव को स्थापित करने में केन्द्रीय भूमिका जरूर निभाई थी, किन्तु वे संविधान के अकेले निर्माता या लेखक नहीं थे.

जहां तक संविधान निर्माण की पूरी प्रक्रिया का सवाल है, इसमें व्यापक रूप से संविधान सभा के कई सदस्यों ने ऐसी भूमिका निभाई थी, जिसे नज़रअंदाज़ नहीं किया जा सकता है. मसलन पंडित जवाहरलाल नेहरू ने लक्ष्य संबंधी प्रस्ताव पेश किया था, सरदार वल्लभ भाई पटेल

ने मूलभूत अधिकारों और अल्पसंख्यक समुदायों के हितों की सुरक्षा के लिए बनाई गई समिति का समन्वय किया था. आदिवासी समाज के हकों पर जयपाल सिंह ने बहुत अहम भूमिका निभाई, तो वहीं इसे भारतीय दर्शन से जोड़ने में डॉ. एस. राधाकृष्णन की भूमिका बहुत अहम रही.

जनवादी पक्ष को मौलाना हसरत मोहानी ने लगातार स्थापित किया. डॉ. आंबेडकर ने जो सबसे अहम काम किया, वह था समाज के सबसे वंचित तबकों यानी दलितों समाज की मानवीय गरिमा को संविधान के केंद्र में स्थापित कर देना. उन्होंने अपने निजी जीवन में भी जिस तरह की जातिवादी उपेक्षा, छुआछूत, शोषण और हिंसा का सामना किया था, उन्होंने तय कर लिया था कि वे भारत की सामाजिक-आर्थिक-राजनीतिक व्यवस्था में से अमानवीय मनुवाद को बाहर निकाल फेंकेंगे.

डॉ. भीम राव आंबेडकर को भारतीय संविधान का निर्माता माना जाता है. निःसंदेह उन्होंने समानुभूति के साथ संविधान को रूप, आकार, स्वरूप, चरित्र प्रदान किया. लेकिन वास्तविकता यह है कि संविधान के निर्माण में केवल डॉ. भीम राव आंबेडकर की ही भूमिका नहीं थी. भारत का संविधान एक साझा पहल का नतीजा है. 29 अगस्त 1947 को संविधान सभा ने मसौदा (प्रारूप) समिति के गठन का निर्णय लिया. इस समिति की भूमिका के दायरे को स्पष्ट करते हुए कहा गया कि "परिषद् (संविधान सभा) में किए गए निर्णयों को प्रभाव देने के लिए वैधानिक परामर्शदाता (बी एन राव) द्वारा तैयार किए गए भारत के विधान (संविधान) के मूल विषय की जांच करना, उन सभी विषयों के जो उसके लिए सहायक हैं या जिनकी ऐसे विधान में व्यवस्था करनी है और कमेटी द्वारा पुनरावलोकन किए हुए विधान के मसौदे के मूल रूप को परिषद् के समक्ष विचारार्थ उपस्थित करना."

यह भी एक सच है कि डॉ. आंबेडकर ने 25 नवम्बर 1949 को संविधान सभा में संविधान का अंतिम मसौदा प्रस्तुत करते हुए जो कहा, उसे भारत ने भुला दिया है. उन्होंने कहा था कि "जो श्रेय मुझे दिया जाता है, उसका वास्तव में मैं अधिकारी नहीं हूं. उसके अधिकारी बी एन राव हैं, जो इस संविधान के संवैधानिक परामर्शदाता है. और जिन्होंने मसौदा

समिति के विचारार्थ संविधान का एक मोटे रूप में मसौदा बनाया. कुछ श्रेय मसौदा समिति के सदस्यों को भी मिलना चाहिए, जिन्होंने 141 दिन तक बैठकें कीं और उनके नए सूत्र खोजने के कौशल के बिना तथा विभिन्न दृष्टिकोणों के प्रति सहनशील तथा विचारपूर्ण सामर्थ्य के बिना इस संविधान को बनाने का कार्य इतनी सफलता के साथ समाप्त न हो पाता.

सबसे अधिक श्रेय इस संविधान के मुख्य मसौदा लेखक एस.एन. मुखर्जी को है, बहुत ही जटिल प्रस्थापनाओं को सरल से सरल तथा स्पष्ट से स्पष्ट वैध भाषा में रखने की उनकी योग्यता की बराबरी कठिनाई से की जा सकती है. इस सभा के लिए वे एक देन स्वरूप थे. उनकी सहायता न मिलती तो इस संविधान को अंतिम स्वरूप देने में इस सभा को कई और वर्ष लगते.

यदि यह संविधान सभा विभिन्न विचार वाले व्यक्तियों का एक समुदाय मात्र होती, एक उखड़े हुए फर्श के समान होती, जिसमें हर व्यक्ति या हर समुदाय अपने को विधिवेत्ता समझता तो मसौदा समिति का कार्य बहुत कठिन हो जाता. तब यहां सिवाए उपद्रव के कुछ नहीं होता. सभा में कांग्रेस पक्ष की उपस्थिति ने इस उपद्रव की संभावना को पूरी तरह से मिटा दिया. इसके कारण कार्यवाहियों में व्यवस्था और अनुशासन दोनों बने रहे. कांग्रेस पक्ष के अनुशासन के कारण ही मसौदा समिति यह निश्चित रूप में जानकर कि प्रत्येक अनुच्छेद और प्रत्येक संशोधन का क्या भाग्य होगा, इस संविधान का संचालन कर सकी. अतः इस सभा में संविधान के मसौदे के शांत संचालन के लिए कांग्रेस पक्ष ही श्रेय की अधिकारी है.

यदि इस पक्ष के अनुशासन को सब लोग मान लेते तो संविधान सभा की कार्यवाही बड़ी नीरस हो जाती. यदि पक्ष के अनुशासन का कठोरता से पालन किया जाता तो यह सभा "जी हुज़ूरों" की सभा बन जाती. सौभाग्यवश कुछ द्रोही थे. श्री कामत, डॉ. पी.एस. देशमुख, श्री सिधावा, प्रो. सक्सेना और पंडित ठाकुर दास भार्गव थे. इनके साथ-साथ मुझे प्रो. के.टी. शाह और पंडित हृदयनाथ कुंजरू का भी उल्लेख करना चाहिए. जो प्रश्न उन्होंने उठाए, वे बड़े सिद्धान्तपूर्ण थे. मैं उनका कृतज्ञ हूं. यदि

वे न होते तो मुझे वह अवसर नहीं मिलता, जो मुझे इस संविधान में निहित सिद्धांतों की व्याख्या करने के लिए मिला और जो इस संविधान के पारित करने के यंत्रवत कार्य की अपेक्षा अधिक महत्वपूर्ण था."

चूंकि भारतीय संविधान के बारे में यह कहा जाता है कि यह ब्रिटिश उपनिवेशवादी व्यवस्था के तहत बनाए गए भारत शासन अधिनियम (1935) की प्रतिलिपि है. इसके लिए डॉ. भीम राव आंबेडकर की सभा में खूब आलोचना भी हुई. इस विषय में पंडित बाल कृष्ण शर्मा ने कहा कि इस विषय पर जो कुछ मैं कह सकता हूं, वह यह कि मसौदा समिति, डॉ. आंबेडकर और उन सबके लिए जिन्होंने डॉ. आंबेडकर का साथ दिया, यह गौरव की बात है कि वे संकीर्णता की किसी भी भावना से प्रेरित नहीं हुए. आखिर हम एक संविधान बना रहे हैं. हमारे सामने आधुनिक प्रवृत्तियां, आधुनिक कठिनाइयां और आधुनिक समस्याएं हैं. अपने संविधान में हमें इन सबके लिए उपबंध करना हैं और इस कार्य के लिए यदि हमने भारत शासन अधिनियम का सहारा लिया, तो हमने कोई पाप नहीं किया है."

संविधान सभा में संविधान पर चार चरणों में काम हुआ था.

पहला चरण - सबसे पहले संविधान के लक्ष्य सम्बन्धी प्रस्ताव पर चर्चा-बहस और स्वीकार किया जाना. और इसके साथ ही नियम निर्माण समिति और सभा संचालन समिति का गठन. 22 जनवरी 1947 को आठ लक्ष्यों को संविधान सभा ने स्वीकार किया, जिन्हें हासिल करने के लिए संविधान बनाया जाना था.

दूसरा चरण - संविधान सभा द्वारा विभिन्न विषयों (मूलभूत और अल्पसंख्यकों के अधिकार, संघ की शक्तियां, प्रांतीय और संघ अधिकार समिति आदि) पर प्रारूप और प्रावधानों के प्रतिवेदन बनाने के लिए विभिन्न समितियों का गठन किया जाना. संघ शक्ति समिति में नौ सदस्य थे, इसके अध्यक्ष पंडित जवाहरलाल नेहरू थे. कार्य संचालन समिति में तीन सदस्य थे और इसके अध्यक्ष थे डॉ. कन्हैया माणिकलाल मुंशी, प्रांतीय विधान समिति में 25 सदस्य थे और अध्यक्ष थे सरदार वल्लभ भाई पटेल, संघ विधान समिति में 15 सदस्य थे और इसके अध्यक्ष थे पंडित जवाहरलाल नेहरू. इन समितियों की रिपोर्ट्स

संविधान सभा में प्रस्तुत की गईं और उन पर खूब बहस हुई. इन समितियों के प्रतिवेदनों को संविधान सभा के सलाहकार बी.एन. राव ने समग्र स्वरूप देते हुए संविधान का पहला प्रारूप तैयार किया. इस प्रारूप की समीक्षा के लिए सर अल्लादी कृष्णस्वामी अय्यर की अध्यक्षता में एक समिति बनाई गई थी.

तीसरा चरण - 29 अगस्त 1947 को संविधान सभा ने संविधान का मसौदा तैयार करने के लिए प्रारूप समिति (ड्राफ्टिंग कमेटी) का गठन किया, जिसके अध्यक्ष डॉ. भीम राव आंबेडकर बनाए गए. इस समिति ने बी एन राव द्वारा तैयार किये गए ड्राफ्ट कर काम किया.

चौथा चरण - फ़रवरी 1948 में इस प्रारूप समिति ने अपना मसौदा प्रकाशित किया. सभा के सदस्यों को लगभग आठ माह तक इस प्रारूप के अध्ययन का मौका मिला. इसके बाद नवम्बर 1948 से 17 अक्टूबर 1949 तक कई बैठकों में इस प्रारूप पर खंडवार चर्चा हुई. तीसरे और अंतिम प्रारूप पर चर्चा 14 नवम्बर 1949 को शुरू हुई और 26 नवम्बर 1949 को संविधान को पारित कर दिया गया. सघन बहस में पेश किए गए सुझावों पर विचार करते हुए संविधान के मसौदे को अंतिम रूप दिया गया. यह काम डॉ. भीम राव आंबेडकर के नेतृत्व में हुआ. इस तरह संविधान सभा में तीन स्तरों पर संविधान पर बहस हुई.

संविधान सभा के अध्यक्ष डॉ. राजेन्द्र प्रसाद ने 26 नवम्बर 1949 को, यानी उस दिन, जब संविधान आत्मार्पित किया गया, सभा की कार्यवाही का समापन करते हुए कहा कि "संविधान के संबंध में जिस रीति को अपनाया, वह यह थी कि सबसे पहले "विचारणीय बातें" निर्धारित की, जो लक्ष्य मूलक संकल्प के रूप में थी, जिसके ओजस्वी भाषण द्वारा पंडित जवाहरलाल नेहरू ने पेश किया था और जो अब हमारे संविधान की प्रस्तावना है. इसके बाद संविधानिक समस्याओं के भिन्न-भिन्न पहलुओं पर विचार करने के लिए कई समितियां नियुक्त की गईं.

इनमें से कई समितियों के सभापति या तो पंडित जवाहरलाल नेहरू होते थे या सरदार पटेल. अतः इस प्रकार हमारे संविधान की मूलभूत बातों का श्रेय इन्हीं को है. मुझे केवल यह कहना है कि इन सब समितियों

ने उचित और ठीक रीति से कार्य किया और अपने-अपने प्रतिवेदन प्रस्तुत किए, जिन पर सभा ने विचार किया और उनकी सिफारिशों को उन आधारों के रूप में ग्रहण किया, जिन पर संविधान का मसौदा तैयार किया गया.

यह कार्य बी एन राव ने किया, जिन्होंने अपने इस कार्य में अन्य देशों के संविधानों के पूर्ण ज्ञान और इस देश की दशा के व्यापक ज्ञान तथा अपने प्रशासनिक ज्ञान का भी पुट दिया. इसके बाद सभा ने मसौदा समिति नियुक्त की, जिसने बी एन राव द्वारा निर्मित मूल मसौदे पर विचार किया और संविधान का मसौदा बनाया. जिस पर द्विवतीय पठन की स्थिति में इस सभा ने विस्तार पूर्वक विचार किया. जैसा कि डॉ. आंबेडकर ने बताया था कि 7635 से कम संशोधन प्रस्ताव नहीं थे. जिनमें से 2473 संशोधन पेश किए गए. मैं केवल यह सिद्ध करने के लिए कह रहा हूं कि केवल मसौदा समिति के सदस्य ही इस संविधान पर दत्तचित होकर अपना ध्यान नहीं दे रहे थे, वरन अन्य सदस्य भी सचेत थे और मसौदे की पूर्णरूप से जांच परख कर रहे थे. यह कोई आश्चर्य की बात नहीं है कि मसौदे में केवल प्रत्येक अनुच्छेद पर ही नहीं वरन लगभग प्रत्येक वाक्य और कभी कभी तो प्रत्येक अनुच्छेद के प्रत्येक शब्द पर हमें विचार करना पड़ा".

भारत का संविधान एक साझा, प्रतिबद्ध और मूल्य आधारित प्रक्रिया से निर्मित विधान है. इसमें विचारों, समुदायों और संस्कृतियों के साथ-साथ विविध राजनीतिक धाराओं की सक्रिय भागीदारी रही है. यह संविधान केवल राज्य व्यवस्था के नियम ही निर्धारित नहीं करता है, बल्कि व्यक्तियों की सामजिक, राजनीतिक, आर्थिक आज़ादी की व्याख्या भी करता है. ऐसा इसलिए हो पाया क्योंकि यह एक सहभागी और सहिष्णु प्रक्रिया के साथ बनाया गया संविधान था.

(मैंने ब्रेक लिया और नेहरू जी के लिए चाय और गरमा गरम कचोरी लेकर चपरासी अंदर आया)

चपरासी : सर आपके लिए कुछ लेके आया हूं । पहले नेहरू जी आपकों प्रणाम करता हूं . ।

पंडित जवाहरलाल नेहरू : सदा खुश रहो बेटा । क्या लाये हो हमारे लिए . ।

चपरासी : में आपके लिए चाय और गरमा गरम कचौरी लेकर आया हूं . ।

पंडित जवाहरलाल नेहरू : ठीक है जाओ तुम्हारे लिए एक कप चाय और कचोरीयां लेकर आओ . ।

चपरासी : नहीं मैंने थोड़ी देर पहले खाना खाया है ।

पंडित जवाहरलाल नेहरू : ठीक है तो चाय पीलो ।

चपरासी : ठीक है आप जैसा कहे में बाहर जाकर चाय पी लुंगा . ।

(नाश्ता करने के मैंने नेहरू जी से कहा अब लाईव प्रसारण टीवी पर करें या फिर और आराम करे)

पंडित जवाहरलाल नेहरू : हां बेटा विवेक लाईव प्रसारण टीवी पर चालु करो . ।

विवेक कुमार पांडे : ठीक है । तो फिर से आप सभी का स्वागत है कहीं भी मत जाइएगा हम आज जानके ही रहेंगे आखिर कौन है पंडित जवाहरलाल नेहरू जी . ।

पंडित जवाहरलाल नेहरू : सही सुझ - बुझ के साथ जवाब दिया तुमने । अब मुझे जाना होगा । जाते जाते राष्ट्रीय गान गा लेते हैं ।

जन-गण-मन अधिनायक जय हे,

भारत-भाग्य-विधाता ।

पंजाब सिन्धु गुजरात मराठा,

द्राविड़ उत्कल बंग ।

विन्ध्य हिमाचल यमुना गंगा,

उच्छल जलधि तरंग ।

तव शुभ नामे जागे,

तव शुभ आशिष मांगे,

गाहे तव जय गाथा ।

जन-गण मंगलदायक जय हे,

भारत-भाग्य-विधाता ।

जय हे ! जय हे !! जय हे !!!

जय हे ! जय हे !! जय हे !!!
जय हिन्द जय भारत ।।
इतना कहकर नेहरू जी वहां से चले गए । तभी मेरी निंद भी खुल गई

धन्यवाद

[तो कैसी लगी इंटरव्यू आप सभी को , इस इंटरव्यू को पढ़ने से बहुत फायदा होगा एक तों इतिहास जानने को मिलेगा । मुझे भी बहुत मज़ा आया नेहरू जी का इंटरव्यू लेके आप सभी का बहुत बहुत धन्यवाद .।]

आप सभी मुझ पर अपना प्यार बरसाते रहिएगा और मैं आपके लिए हमेशा नयी नयी कहानीयां लेकर आऊंगा। हमेशा खुश रहे और खुश रखे । खास अपने माता-पिता का ध्यान रखें । याद रखना एक बार खोई हुई चीज दुबारा नहीं मिलेगा उसी तरह मां - बाप को खोदोगे फिर कितना भी रो लो वो फिर दुबारा नहीं आएंगे । कद्र करना सिखों । मैं कहता हूं कि सबसे किमती चीज है ना इस दुनिया में तो वो मां-बाप है ।

~ धन्यवाद

विवेक कुमार पांडे शंभुनाथ